谁是我的解药

韩万胜 著

陕西新华出版

太白文艺出版社·西安

图书在版编目（CIP）数据

谁是我的解药 / 韩万胜著. -- 西安：太白文艺出版社, 2024. 10. -- ISBN 978-7-5513-2790-9

Ⅰ. I227

中国国家版本馆CIP数据核字第2024PN3449号

谁是我的解药

SHUI SHI WODE JIEYAO

作　　者	韩万胜
责任编辑	强紫芳
封面设计	夏　天
版式设计	建明文化
出版发行	太白文艺出版社
经　　销	新华书店
印　　刷	陕西奇彩印务有限责任公司
开　　本	880mm×1230mm　1/32
字　　数	247千字
印　　张	12.125
版　　次	2024年10月第1版
印　　次	2024年10月第1次印刷
书　　号	ISBN 978-7-5513-2790-9
定　　价	79.00元

序

一盒祛毒疗伤口服心服的诗歌灵丹妙药

姜红伟

著名作家、诗人邱华栋曾经在《谁的八十年代》一文中指出：我要告诉大家，在二十世纪八十年代，中国诗坛的前沿阵地上出现了一支浩浩荡荡、人数达上千万的中国诗歌少年先锋队。这些诗歌少年，凭借着对诗歌无比的热爱，以中学校园为展示才华的平台，写作诗歌、发表作品、创办报刊、组织诗会、自印诗集、组办社团，在校园内外掀起了一场中国自有新诗以来最辉煌、最壮观、最精彩、最隆重，声势浩大、轰轰烈烈的中学生校园诗歌运动热潮。这场罕见的八十年代中学生校园诗歌运动既是空前的，又是绝后的。

而我要告诉大家的是，这场八十年代中学生校园诗歌运动之所以能成为一种蔚为壮观的诗歌潮流、成为一种引人注目的诗歌现象，是因为有大批早慧成熟、才华横溢、出类拔萃的少年诗人脱颖而出。而来自陕西省神木中学的学生韩万胜，便是当时颇有名气、颇有影响、颇有才华的校园诗人佼佼者之一。

那时候的韩万胜，年少才高，从初中二年级便成为缪斯的追随者，先后在《语文报》《中学生文学》《延河》《当代诗歌》《延安文学》《榆林日报》等报刊发表近百首诗歌作品，并担任神木中学麟州魂文学社社长。1985年，在全国中学生诗歌爱好者瞩目的《语文报》"我们这个年龄"征诗活动中，他凭借一首风格独特的力作，在全国数万名参赛者中脱颖而出，获得一等奖，一举成名。随后，他的诗作入选《我们这个年龄》《中学生诗歌选评》《生命的春天》等各种中学生诗歌权威选本，并在高三那年光荣地加入了中国共产党，为他的中学生校园诗歌创作生涯画上了完美的句号。

在二十世纪八十年代的中国诗坛，与中学生校园诗歌运动同频共振的还有更有影响、更具规模的大学生诗潮。来自全国各地高校的大学生诗歌爱好者高举着理想主义、英雄主义、浪漫主义三面大旗，组成了一支上百万人参加的具有强大创作力量的大学生诗歌创作队伍。他们这些像群星一样闪烁诗才光芒的学院诗人，创作了一首首脍炙人口的经典诗作，撰写了一篇篇颇有价值的评论理论文章，组织了一个个团结协作的诗歌社团，创办了一份份质高品佳的诗刊诗报，编印了一部部荟萃精品的诗选诗集，开展了一次次丰富多彩的诗歌活动，在校园内，在社会上，在诗坛中掀起了一场声势浩大、波澜壮阔、影响深远、卓有成效的大学生诗潮，在中国当代诗歌史上书写了一页辉煌的经典篇章。

1986年秋天，韩万胜以优异的成绩考入延安大学中文系。在大学校园里，他凭借少年时代练就的"诗歌童子功"，以高强的诗歌武功加入全国大学生诗歌运动，在《飞天》"大学生诗苑"《延河》《草原》《朔方》《榆林日报》《延安日报》《西安日报》《当代诗歌》等报刊发表大量诗歌作品，主持布谷诗社工作，主办诗歌刊物《布谷》，编印《布谷诗选》，组织诗歌朗诵活动，举办"延安大学大学生文学创作大奖赛""陕北校园文学创作大奖赛"，一时间在全国高校诗坛中声名鹊起，在中国当代校园诗歌史上写下了属于自己的、精彩纷呈的诗歌传奇。其诗作也被收入《中国当代大学生优秀文学作品赏析》《飞天·大学生六十年典藏作品选》等。

作为一名诗华正茂、诗才优秀并已经在诗坛崭露头角的青年诗人，大家对韩万胜的诗歌前途充满了期待。然而，大学毕业后的他却令人意想不到地突然消失在诗坛，消失在读者的视野，消失在诗友的视野。

其实，对于一个真正的诗人来说，"失踪"往往是暂时的销声匿迹，往往是暂时的沉潜暗藏，而不是永远的隐退，永远的离开。韩万胜在"养诗蓄艺"多年之后，既出人意料又在情理之中地回到新世纪的中国诗坛，成为一名诗艺更趋成熟、思想更加敏锐、成就更为显著的"归来者诗群"的代表人物。

"归来者诗群"是中国新世纪出现的一个新诗歌现象，是由一大批曾经活跃在二十世纪八十年代中学生诗歌运动和大学生诗歌运动的校园诗人所构成的优秀诗歌群体。他们曾经活跃在八十年代的诗坛，却因各种各样的原因退出诗歌江湖，多年后受到诗神的感召，重新归来。正如著名文学评论家何平阐释的："归来"不是简单的回返，而是带着一二十年离开的所获得的更辽阔深婉的新经验，在"中年"彻底地清算"少年"的孟浪和无知，重新出发，开始写诗。

在成千上万名"归来者诗人"中，韩万胜毫无疑问是一位具有卓绝品质、具有迥异风格、具有广泛影响、具有独特魅力的优秀诗人。而摆在我面前的这本即将出版的诗集《谁是我的解药》便是他"归来"后奉献给广大诗友、广大读者，奉献给中国诗坛的佳作选集。

捧读韩万胜的这本诗集，犹如打开一个装满了灵丹妙药的药盒。可以这样说，《谁是我的解药》正是一盒真正的解药。对于诗人韩万胜来说，诗歌其实就是他运用独特秘方精心炮制的诗歌解药。这解药既可以解乡愁、解困惑、解痛苦、解烦闷、解忧伤、解伤感，又可以解孤独、解寂寞、解相思、解忧郁、解愤怒、解焦虑；这解药既可以祛毒疗伤，又可以活血化瘀，更可以舒筋通脉。那么，具有如此神奇疗效的诗歌解药究竟是由什么成分构成的呢？

成分之一：精妙精练、精美精准的语言。韩万胜是一位爱词如命的"炼丹师"，更是一位惜字如金的"吝啬鬼"。在这本诗集中，他对语言的追求达到了一个至高的境界。正如他的诗句写的那样：那些从典籍里出来的金句/就像压缩饼干。他的诗无论是遣词，还是造句，均做到至精至简，令人读后无不为他字里行间闪烁的光芒和精言妙语而拍案叫绝。有一首题目叫《雨点》的诗，可谓是字字珠玑：

> 雨点像无数碎裂的名字
> 纷纷落下
> 它们大多在半空中夭折
>
> 有的生成气
> 有的生成雾
>
> 有的生成烟
> 有的生成叹息
>
> 落在地上的
> 开成了花
>
> 我伸手摘了一朵
> 竟然是儿时邻家小妹

　　短短70个字，简约至极，精练至极，恰到妙处。在这本诗集中，类似语言风格的诗作比比皆是，充分显示了韩万胜熟练运用精言妙语的才华。

　　成分之二：至真至纯、至诚至善的情感。打开韩万胜的这本诗集，扑面而来的是一首又一首充满浓烈的、炽热的、温暖的乡情、亲情、爱情的诗。无论是写亲情的《母亲怕冷》《一尊佛》《父亲》《母亲回了神木》《大雨中带母亲去看病》，写爱情的《你把她装了二十年》《我没有辜负》《一个情字》《吻你》，还是写乡情的《榆林大街》《高家堡》《麻雀》《故乡是我精神的殿堂》《高家堡，我一生的牵念》，首首令人动心动情。在这些诗篇中，《中秋节的月亮》和《雪花飘》是我最喜欢的两首。在《中秋节的月亮》中，诗人采用象征手法，深情地表达了母子之间的思念之情：

中秋节是个思念的日子
月亮也是思念喂大的

你们看到的月亮在天上
我的月亮在心上

天上的月亮又圆又大
我的月亮又瘦又小

天上的月亮万人仰望
我的月亮独居陋室

天上的月亮不会哭
我的月亮泡在泪的海洋

天上的月亮谁也不敢碰

我的月亮我供着

而在另外一首《雪花飘》中，诗人凭借丰富奇绝的想象力，巧妙绝伦地诉说了儿子对母亲的思念之情，读后令人心生感动：

雪花飘

且一个劲地飘落

它白不了我的头

不罢休

突然

一片雪花落在我的睫毛上

我知道

想我了

有个人

成分之三：多种多样、多姿多彩的风格。综观韩万胜的诗集，给人最突出的印象便是诗歌题材的丰富性。作为一名优秀的诗人，韩万胜在诗歌创作上的驾驭力可谓是出类拔萃。无论是抒情诗、叙事诗，还是咏物诗、哲理诗，在他的纸上笔下均做到了运用自如，得心应手。无论是乡土诗、山水诗，还是亲情诗、爱情诗，抑或是田园诗、人物诗，在他的字里行间皆做到了张力十足、生动自然。在这本诗集中，最有代表性的诗歌，就是《谁是我的解药》：

谁是我的解药
我是谁的纽扣

大风替谁呐喊
沙尘暴断了谁的肋骨

谁在音乐之外徘徊
残缺的灵魂在收购谁

谁折了飞翔的羽翼
春天裹挟了谁的正气

谁把山河当琴弦拨弄
狗吠声被谁珍惜

一切的一切源于谁
谁撕裂了药盒上的商标

我从春天深处走来　又折返
却迷了路

桃花被一只素手摘走

桃花的血染红了指甲盖

这是一首蕴含着丰富思想和深刻主题的"主打诗歌"，通过一连串的设问句，抒发了诗人对时代的关切、对灵魂的拷问、对人生的深思、对现实的探究，堪称是一首博大精深的力作。

总之，韩万胜的《谁是我的解药》既是一本诗香扑鼻的诗集，又是一盒药香扑鼻的解药，令人口服，令人心服，令人信服。至于在服用这盒诗歌解药之后最终能解决什么？那就别看广告，看疗效吧！

2024年2月26日于大兴安岭

（作者系著名诗歌史学家，中国诗歌学会理事，八十年代诗歌纪念馆馆长）

目录

第二辑　我瞬间站在时间之外

第三辑　夜在小心翼翼地缝合伤口

第四辑　心被囚禁在咫尺

第一辑

内心储满焦虑与苍凉

今夜的雪

今夜的雪
镇北台的雪
红石峡的雪
古城墙的雪
老街的雪
是否和
红碱淖的雪
一样明亮
一样纯粹
一样勇敢……

今夜的雪
取自我的天空
取自天空里那双巨大的翅膀
取自翅膀里那汹涌的海洋
取自海洋里那深邃的沉默……

今夜的雪
是对故乡失语的回应
今夜的雪
是我的骨头研磨的粉

2019 年 12 月 16 日

内心储满焦虑与苍凉

有雪花从远方
翻越秦岭飘来
一片　又一片
忽急　忽慢
竟然没有一点声响

我在一间屋子里旅游
我在地图上旅游
我在电视上旅游
我在手机上旅游
从一座雪峰到一片雪原
内心储满焦虑与苍凉
我听到自己的骨骼在碎裂
我听到自己的血液在拥堵
我听到自己的毛囊在偾张
我听到自己的细胞在拒绝
拒绝了雪花　拒绝了寒冷
拒绝了这个令人心悸的春节

又一片雪花　飘来
天　阴冷着

我把自酿的阳光　连同

米酒的醇香

发送给朋友　亲人　同事

发送给在一线和病毒厮杀的

白衣战士

我把这小小的温暖

还给小鸟小草留了一点

我爱听小鸟的时光之歌

我欣赏小草的不负春光

我还崇尚几个词

团结　爱　力量……

2020 年 1 月 27 日

春天的雪花

甩开冬天
去早春赴约

一个又一个
一群又一群

你追我赶
前呼后拥

极其豪迈
极其壮美

殊不知　绝大多数
零落成泥

2021 年 3 月 6 日

又一个秋

一

没有绿肥红瘦
妆容尽卸

昨夜骤雨
惊起荒凉

庄稼泪痕已干
茫然四顾

二

第三粒纽扣
丢了

酒杯仍旧小
落日庞大

热血生白发
我为谁鼓呼

三

河流在千回百转中
前进

沉沉的大地
默默地支撑

向谁鞠躬
我的家在塞北榆林

2021 年 8 月 11 日

秋　风

我记得去年的秋风不是这个样子
去年的秋风侧着脸
一副傲慢的样子
一副让人捉摸不透的样子
一副想飞的样子

今年的秋风来得早
远比我想象中来得早
携带着你昨夜的凉
专往我脸上吹
往我脸上堆一两道皱纹

今年的秋风有点坏
不过　我对秋风不讨厌
它不仅携带着谷香　稻香　果香
还携带着你的体香
你的体香　让我着迷
让整个秋天有了趣味

常常感喟时光如驹
快得让人手足无措

快得让人六神无主

快得让人心慌眼跳

快得让人泪流满面……

而秋风　这天地之气

这山岚之气　这河之气

这森林之气　这花之气

不紧不慢骑着一匹小金马

叩开了一扇扇隐形的窗户

也叩开了我隐秘的心灵窗户

啊　秋风……

2021 年 8 月 14 日

十点二十分的秋夜

十点二十分的秋夜
被明媚的你照亮

风从树林里跃入草丛
雨如急急令　一滴撵着一滴

南二环不啻金腰带
你无异于一件环佩　诗一样

天空吊着一颗星
还吊着一朵诡异的云

月亮赴约去了
薄纱披在你身上

今夜的长安不谈爱情
今夜的潮水　无形

2021 年 8 月 23 日

顺苑湖

一架接一架的飞机
越过顺苑湖的天空

顺苑湖的天空巴掌大
飞机的轰鸣声
一下就从左耳贯过右耳
螺旋桨的风
扫过了头皮

顺苑湖的麻雀也烦人
飞来飞去不避生
还冲着你叫
甚至飞临你的头上拉一点屎
麻雀是顺苑湖的主人
两只小黑豆眼睛装满了天空

顺苑湖在首都机场隔壁
它像一面椭圆形镜子
照得飞机像麻雀一样
在水中飞

2021 年 9 月 15 日

雨

多少年了　雨

总是在我心情不好的时候

开始下

我管不了老天

也管不了雨

我只能冲入雨阵中

让雨　剥光我的衣服

揭起我的皮肤

挑开我的血管

从里到外

再洗刷一遍

我看我

能否活成个大人

2021 年 9 月 18 日

你就是我的世界

我没有看到更大的世界
我只看到你　半亩方塘
升腾着
一股豪迈
一股酸楚
一股忧郁

更大的世界可能更精彩
可能更无奈
我只看到你
看到了水上的莲动
看到了向日葵的卑微
看到了星星的游弋

你就是我的世界
米粒大小　但能容纳
我的悲悯
我的挣扎
我被剥开的魂与魄

2021 年 12 月 17 日

石头城堡

你究竟藏了什么
高高的石头城堡
云远远地望你
风偷偷地窥你
天　不敢触碰你

精致的石头城堡
有你的故事
有她的故事
唯独我的故事
还在孕育

阳光是冷的　风也硬
稀疏的足迹无铿锵之音
孤独的城堡哟
我欲言又止　你高高的头颅
离城远　离天近

2021 年 12 月 24 日

那些迷人的风景已成过往

北风弱了
寒气　消弭了不少
正午的太阳　寡白寡白
没有丝毫血色

我把窗子上的玻璃望碎
碎成天尽头一瓣一瓣的云彩
我把自己站成雕塑
起伏的咳喘搅动内心的波涛

那些迷人的风景已成过往
树落光了叶子　枝干仍坚挺
我是否成了一枚被遗弃的坚果
远方已经没有熟悉的地址

2022 年 1 月 26 日

春 雪

我疼　但没有喊
你悄悄地来到我的窗外
一声不吭　默默地
铺开纯洁与高尚

那些光屁股草芽
那些叽叽喳喳的花蕾
那些忍不住挤出的清香
催我出发

你真诚且温柔
不屑于七嘴八舌的鸟鸣
不屑于风到处演说
你只落　一片又一片
一层又一层　覆盖人间污秽

光和影都是虚弱的
我的伤也是虚弱的
黄河冰裂　流凌纷拥
远方的山峦又举着一柱炊烟
唯有你　低到尘埃里……

2022 年 2 月 17 日

雨水节气来的是雪

实际　我盼的是雨
来的却是雪　突如其来
漫漫的雪
疯狂扑在前窗玻璃
能见度　不足五米

双闪在警示　雪
不管不顾　一阵紧似一阵
春风弱　挡不住
雪想掏空一切
雪想填充什么

我没有听到万物复苏的声音
也没有听到你的歌声
雪卷走了泥土的味道
我的车冲进大雪中
寂寂无声

2022 年 2 月 20 日

桃　花

是的　我不敢出声
蹑手蹑脚
靠近了桃树　看春风
如何催绽桃花

我烦了流水　我怕
它的喧哗惊扰了春风的执着
我厌了鸟鸣　彼一声此一声
会不会影响专注的萌动

青山起伏　千万枝起伏
我的心脏也起伏　桃花
把最美的献了出来
它不避生人

一嘟噜白　一嘟噜粉
桃花不辜负春风
清香十里　千山沉醉
桃花　懂得感恩

2022 年 3 月 6 日

一朵小花也要敞亮

你听　所有的迟到
都用一种声音炸裂

你听　绽放的芽苞
敲击着热血山河

仰望　皆被击落
春风急促　赶路忙

不经意间　扯碎了我
雪白的战袍

谁欺我渺小
逼我在犄角旮旯绽放

我偏不　山河敞亮
一朵小花也要敞亮

2022 年 3 月 18 日

丁香树下

丁香树下　你发出邀请
一份迟到的邀请　带走了
我尘世的风声
丁香树　白色的小花
举着明媚的春

今日是春风　我的黑夜
从此一天天缩短　我的月亮
肯定一天比一天皎洁
丁香树下　一杯君子茶
开化一个黄昏

你是春天的信使
初绽的芽苞就是无声的注解
坦露的一切皆是真诚
我写不出流水濯石的无悔
我写不出青山执着的等待

丁香树下　月光降临
曾经照耀我们和被我们照耀的人
一起浮出黑暗

我们不谈国事不谈糗事　　只谈

小小的丁香花

如何能抵达我们的内心

2022 年 3 月 19 日

卧云山

卧云山　我要写一封情书给你
好让你的动物读出我的深情
好让你的植物收揽我的脚印
卧云山　你草尖上的露珠
顶着我的太阳
顶着我的春天

杏花谢了　杏树上纷繁的果实
一颗比一颗青涩　一如十六七岁的毛头小伙
只顾生长
而藏于林间的人造恐龙
一声又一声长啸　替我释怨

爬地柏一直想像侧柏一样站立　它的头
总是昂昂地　可惜腰部无力
油松伸出的枝　蜷缩着前进
它熟谙风的力度　熟谙雨的世故
唯独不谙人间风情

卧云山　冷与喧闹都是火
包括无动于衷的白狮　黑熊

包括围着四面绝壁奔跑的狼

包括硕大的火鸡及其发出的阴森的叫声

包括你的热情我的冷漠　　都是抗议……

回想来时路　　从来不是一个人的孤独

卧云山的风有点硬　　但阳光

绝对纯净

彩虹跑　　就是人生顿悟的奔跑

而奔跑的男女老少　　正把卧云山

抬到榆林城的头上

2022 年 5 月 1 日

风在卧云山上

风在卧云山上
寻找迟开的花朵

杏花桃花兀自谢了
只有不知名的小花
热烈地填充着暮春的空旷

发令枪迟迟未响
几百个彩虹跑的人
被一条蓝白相间的布条阻挡

刘艳华的解释苍白
张耀明的脸上挂着无奈
韦军默然离去
李星宇索性搞起了现场教学
我知道
张媛媛办法多

伸向天际的一条灰色的路
拉长了三个警察的吆喝
这时候阳光给力　一遍遍

抚慰着人们的惆怅

抬眼望　蓝蓝的天空
压低了卧云山的辽阔

2022 年 5 月 3 日

春风已慢

没有听到木鱼声　没有
卧云山把它的庙堂隐藏了起来

寂静被纷涌的嘈杂声挤破
鸟的鸣叫比风硬　划破了谁的皮肤

阳光翻阅着一枚又一枚青涩的杏子
此刻的山泉　止步于卧云山后的悬崖

爬地柏满怀悲戚
它的邻居是一匹深陷困境的白狼

椭圆形的路　铁青的脸
卧云山的魅力难以言说

我如一株小草　可着劲绿
却忘了春风已慢

2022 年 5 月 16 日

水　声

我只记得　在春天
在梦里　雨悄悄地
来了一次　叫醒了
桃花　杏花　梨花
没叫醒酣睡的我

我闭着眼睛
我叠着耳朵
我锁着呼吸
万物注视着我　万物的辽阔
抚慰着我

云的道场是天空
雨的道场是大地
风的道场是绿叶密织的纹路
我没有道场
我是春天遗漏的一滴雨

桃花谢了　杏花谢了
梨花也谢了
翘翘的果实在等雨

等一场百鸟的大合唱

等一场水声

2022 年 5 月 28 日

夏　至

夏至　我是过客
从 806 到 303
从 303 到 816
非必然　必须迁徙

酷热难耐　一颗心
丝毫产生不了阴凉
孤独叠加孤独　诱我
合住又打开

迁徙就是放下
放下心灵的十字架
放下欲飞的翅膀
放下纯洁

夏至无风　更无雨
一切都在躁动　一切
都想脱离尘埃　只有我
捻着有和无　在空飞……

2022 年 6 月 21 日

西安钟楼

钟楼就是一个世界　它在窗外
装着四条河流

我把车比喻成小船　驶向哪里
关心的人肯定不多

开元商城　同盛祥泡馍馆　骡马市
中大国际　关中书院……都在沉浮

檐角上的风铃不响
或许它已哑了多年

灰青色的方砖承载了多少足印
无法计算

或惊讶　或探询　或萌发
什么样的目光西安都无所谓

只有我一个塞北人
用想象装饰着它

2022 年 7 月 3 日

月　亮

离顶楼最近的

是月亮

我看见

她苍白的脸上

沾着些灰尘

我打开窗子

试图用米黄色的眼镜布

揩去她脸上的微尘

谁知　她莞尔一笑

轻轻移了一下

我险些成了

坠落的风景

2022 年 7 月 11 日

雷

听到炸裂声　雷
把自己彻底解脱

十点十六分　夜
收割破碎的灵魂

有叶落下
有叶漫不经心地摇着

雨点　稀稀拉拉
敲着一颗崩溃的心

无从表述　与谁对峙
总在错误时刻相逢

雷声急急　无人对饮
我的沉默轰然跌落

2022 年 7 月 24 日

卧云山在下雨

卧云山在下雨　关山在下吗
雨覆盖了卧云山
雨一遍又一遍梳洗着卧云山
梳洗着我留在卧云山的痕迹

关山肯定不下
关山还是一周前的关山
风无杂质　云无杂质
满山飘逸的绿无杂质

卧云山的雨滴是黑的
它从枝叶上滚落　落在地上
砸出一个又一个小泥坑
低低的　团着我的往事

关山宛若新娘　青眉黛眼
婀娜多姿　素面朝天
我心动　但不敢妄动
我怕关山受伤　受伤的关山令我心痛

卧云山的雨是我的心事

关山的习习凉风吹散了我的忧郁

卧云山的影子随云移到了关山

我竟然不识这人世间绝美的翡翠

2022 年 8 月 10 日

独自面对秋天

独自面对秋天
我该做什么
或吞　或吐
那一嘟噜一嘟噜诱人的风景

柿子　苹果　核桃　石榴　红枣……
高光了一个季节　不
高光了一个时代

从植物中获取温暖
从人世间寻找知音
秋天　无疑是我一生的倚重

2022 年 8 月 27 日

秋天的阳光

秋天的阳光干净　整洁
秋风荡起了秋千
让我这个旅人　泛起微小的幸福

天空高远　我的目光探不到底
飞禽走兽　一切寻找的理由
都收起了影子

我被阳光笼罩　被阳光笼罩的
还有群山　草木　日渐成熟的庄稼
还有　我深一下浅一下的脚印

2022 月 9 月 7 日

塘

满池碧树　风潜入水底
鱼搅动一圈又一圈涟漪

肥美的笑声跃上枝头
哦　云兜着果实

偶尔蛙声鼓噪
劫持了一方安静

我坐在一片莲叶上　俯瞰天空
俯瞰莲的心动

2022 年 9 月 8 日

中秋节的月饼

有人说　思念是泪泡的
落地砸个坑
无雨水　亦能长出稗草

有人说　思念是盐腌的
时久凝盐巴
化开来　腌心　腌神……

有人说　思念是蚀骨的
全身所有的骨头储藏着火
蹑手蹑脚　潜行于体内

有人说　思念是沉默的
矗立在无人能及的地方
众声喧哗　唯独它沉重无比

我说　思念是中秋节的月饼
圆圆的鼓鼓的
装满无数个月亮

2022 年 9 月 10 日

雨　点

雨点像无数碎裂的名字　　纷纷落下
它们大多在半空中夭折

有的生成气
有的生成雾

有的生成烟
有的生成叹息

落在地上的
开成了花

我伸手摘了一朵
竟然是儿时邻家小妹

2022 年 9 月 18 日

早晨的太阳

早晨的太阳多么鲜亮
打破了我昨夜的沉默

晨练的人们迅速被阳光包围
他们吸入的是阳光　吐出的也是阳光

渐渐发黄的草被阳光笼罩
它们的根部又一次血脉偾张

晶莹的露珠里装着无数个太阳
小小的世界缤纷万象

我发现百鸟的翅膀上也驮着太阳
我发现调皮的风也携带着太阳

我发现群山上游走着太阳
我发现花花绿绿的眼睛里跳跃着太阳

我看见一个盲人扔掉了拐杖
前面引路的是一个太阳

我甚至发现酸腐的我

浑身裹满阳光

2022 年 10 月 17 日

心灵的碎片

一层又一层落叶　覆盖了
我的前世与今生

落叶　不是从树上掉落的
是我心灵的碎片　颜色金黄

四季轮回　无数个手势
催生无数场风　无数场坎坷与梦想

该遗忘的都没有遗忘　汇聚成风暴
演绎一生的凄美与悲壮

我拾起一枚落叶　阡陌纵横
宛如我躯体上的血管　走向四方……

2022 年 11 月 8 日

雪落了

雪落了　纷纷扬扬
像一堆又一堆被剪下的羊毛
落在了城市　落在了乡村
落在了人们顶着一片阳光的头顶

我听到了疼痛的声音
被一条条街道拽紧
我听到了哭诉　无人倾听
独自在群山中回响

所有的心灵都在紧缩
似乎失去了坦荡与自信
我没办法拒绝　只能以沉默
再一次把沉默引向深入

2022 年 12 月 29 日

声　音

声音被四堵墙围剿

声音冲不出去

声音被撞成碎片　纷纷跌落

地上斑驳陆离　有水滴　有玻璃刺

有草屑　有丑陋的划痕

甚至有渐渐发硬的尸首

跌成碎片的声音

犹如散了的脊骨　需要一节一节穿叠

瘫在地上的声音

有的谋求再生　有的谋求独立　有的谋求涅槃

有的又开始合纵连横　想成为滔滔洪流

我的声音也被重重地摔落

躺在地上爬不起来

像一只负重的蚂蚁

吃力地驮着一种真实

2023 年 1 月 6 日

血　影

谁在呼唤你　你悄悄地来
轻轻地落在一只空酒杯中

夜色是母亲伸不直的腰
你的晶莹抬不起一朵桃花

风抚摸着一张揉皱的纸
隐隐约约现出一丝血影

喝酒的人被一片苍茫迷惑
大地的喘息是谁的献礼

2023 年 2 月 11 日

雪 花

我把纷纷扬扬的雪花
比喻成洁白的兔子
兔子　兔子　兔子
从天而降
一蹦一跳
满地跑

叫醒了草芽
叫醒了冰河
叫醒了青山
叫醒了麻雀们的梦
却叫不醒我
日渐深坠的懒惰

2023 年 2 月 11 日

我只有一条血管

卧云山屏住呼吸　听雪
传递一种天籁之音

我深一脚浅一脚
踩着内心隐藏的疼痛

鸟雀们关闭了小喇叭
白色的孤独迎面扑来

狼停止了奔跑
圣洁的诱惑闪烁着刺目的蒺藜

偶尔传来熊的闷吼
雪不为所动

我托起一枚已结成冰的松叶
仿佛凝视我失去的爱情

我不敬畏雪　雪是装饰
多少回望被雪堵塞

我没有河流　我只有一条血管

在卧云山起伏

2023 年 2 月 12 日

雪花对春天情有独钟

桃花的花苞没有人能认出
雪还在下

这是第三场雪
立春已过去九天
寂寞关不住
寥廓的天空是寂寞的牧场

每一朵雪花都有棱角
每一朵雪花都带有雨水
每一朵雪花都会滋润山河

雪花对春天情有独钟
正月二十三　这个良辰吉日
它也跳火堆　它也围粮仓
它也驱瘟神……

雪花催生了桃花的花苞
我认得　它是去年的公主
待嫁的公主

我羡慕雪　更羡慕桃花
它们都在为生命的灿然而奔赴

2023 年 2 月 13 日

灯　光

灯光像雾气一样弥漫
城市的朦胧显得老旧
一点诗意都没有

我屋内的灯光呈现灰白色
这让我想起
当年你转身时的脸色

灯光应该是诗意的
更应该是温暖的　此刻
它像我的心情

颓败且没有色调
被经年累月的刈割　甚至
没有剩下多少情趣

我知道这座城市不是我的
但墙壁上晃来晃去的影子
分明是你

2023 年 3 月 18 日

夜色就是你掌心上的花朵

是的　夜色就是你掌心上的花朵
深植于一片焦虑之中

河流找不到出口
群山仍像一群哑巴

雷电隐匿在一朵绵软的云后
雨点挂在长长的睫毛上

星星落在井里
月光清洗着春天的伤口

影子独自飘移
一米不啻万里

谁在你的背后升起落日
谁的嗟叹又在你的耳边响起

掬一把浓浓的夜色
究竟蕴藏着多少啁啾

2023 年 4 月 15 日

初 夏

揉了揉眼睛　对不起
不是按压涌上来的眼泪

无端的冷风　又一次偷袭了初夏
连衣裙慌不择路

谁踩着了落花的痛
哪一瓣落花发出了尖叫

没有一棵树的疤结没勃发新芽
谁是暗藏的黑影　谁

这么多熟悉的脸谱　熟悉的微笑
难道是熟悉的春天递过来的刀鞘

初夏没有被微雨叫醒
浑浊的足音　依然敲着麻木的神经

2023 年 5 月 9 日

最炽热的那片阳光

最炽热的那片阳光
有一双劲飞的翅膀

万里排云
不巧　它落在我的书桌上

瞬间　小屋内气场飞扬
一盆萎靡的白玉兰霎时赳赳又昂昂

我轻轻地捧起这片阳光
捧起一块上帝馈赠的金子

突然发现　我那一首首迎风而立的诗歌
都低下了头

2023 年 6 月 24 日

夜

不敢出声笑　夜
窥视着我

玉石夹在城墙里
风一遍遍抚摸

矮小的玉米秆还没露出红缨
目光翻不过石峁山

饿了就啃两口月亮吧
渴了　有秃尾河

和星星对视
谁的真诚多

篝火在一点一点熄灭
我抓住的竟是一团影子

2023 年 6 月 26 日

榆林大街

在异乡
看到故乡的名字
让人激动

沈阳大东区
一条以榆林命名的大街
让我的内心
微澜四起
仿佛遇上故乡人
亲切而温馨

我久久地盯着这四个字
四个蓝底白字
囊括了
天的蔚蓝
云的洁白

突然　从故乡方向
飞来一疙瘩白云

把榆林大街四个字

擦得

锃光瓦亮

2023 年 8 月 24 日

雾

我该说些什么
一个人若隐若现地坐在山头
坐在村庄枯旧的山头

雾从沟里涌上来
拖着整个夏天无处发泄的焦虑
和一个人的寝食不安

高过一种假寐
高过一种酣睡
甚至　高过一种虚妄的孤独

蝴蝶　蜜蜂　蝉　包括青蛙
紧贴着逐渐枯黄的叶子
渐渐脱掉低垂的云和冒着热气的雨水

雾又漫过了田野　在道路上游走
没有谁能把它固定下来
柔软得没有骨头　是的　没有

只有芦苇在水面上陶醉

也不吟诵忧愁　　也不引吭高歌
只享受雾的极致之柔

我这一百六十斤的凡胎肉身
渺小得如雾中的一声吆喝
像凋零　　又像挣扎

　　　　　　　　2023 年 9 月 10 日

我还没有和一棵树诀别

月光惨淡　背影逼近
一座庞大的建筑
积木一样变幻着脸谱

我的脚下是一层又一层落叶
我听见它们在呼喊　尖叫
但我无法改变生活场景

风偶尔会刮过来　又迅速逃遁
生怕彩色的光捕捉到它的刁蛮
风似乎在试探什么

我日渐步履维艰　身后
一辆轮椅虚位以待　但它不知道
我还没有和一棵树诀别

灯光璀璨　命运促狭
那些从典籍里出来的金句　就像压缩饼干
一字排开　指点着迷途

2023 年 10 月 4 日

落　叶

我不敢说一枚落叶　能承载多少
最起码
它承载的风雨　我承载不了
它承载的霜雪　我承载不了

它看似柔弱　乖巧　放在掌心
我能辨识到大河的筋脉
我能听到风的呼啸
甚至　我能听到岁月的回声

它从嫩嫩的春芽演变为金黄的秋叶
我一路注目　一路相随
它的矮小与低调　落寞与不争
分解了我的自负

它积尘满面　它归于泥土
或被风刮向远方　或被黑暗掩埋
我蹲在墙角　看着它挣扎
却无力喊出它的名字

落叶的命运昭示着谁的命运

我不得而知

有时　我连一股风都抱不紧

风一调皮　我就晕

就踉跄

落叶坚韧又顽强

它被扫入垃圾桶　也是里面

最亮丽最多彩的物品

而我　有时竟不如一粒浮尘

2023 年 10 月 25 日

第二辑

我瞬间站在时间之外

树因此而变得沉默

树因此而变得沉默
我在河的一侧
囚禁了随意而吹的风

我捡拾着满地落叶
仿佛翻阅无数个悲情故事
火　雨　或满头寒霜

我把一生的坎坷　悄悄抚平
恢复我在尘世的本来面目
婴儿一样　展露纯真

我抛弃了我的影子
我厌恶它没有骨头
厌恶它昼夜的诡秘

我把生死置于头顶
倚树而坐
我听见深深的泥土中　根的起伏

2017 年 10 月 6 日

鸟

一只鸟　又一只鸟
飞过我的头顶

飞向前面的树林
飞向远方的高楼

鸟的鸣叫有些刺耳
我的心一紧　生怕
划破我那薄薄的天空
生怕　雨
一下子漏了下来
泥泞了你的背影

2020 年 11 月 03 日

沙尘暴

沙尘暴过早来临

这让还在路上的春

颇为尴尬

声音越来越大

越来越杂

越来越粗

仿佛一个莽汉

毫无顾忌

又像一个清道夫

挥舞着大帚……

前挡风玻璃上刮来一片纸

定睛一看

上面画着一棵小树

2021 年 1 月 27 日

我不敢放纵孤独

一

我哭不出声
我身体里的黑暗
正在折磨我自己

二

我不敢放纵孤独
不敢　我怕它如狼似虎
伤害我

三

所有离开的和走近的
都是命中注定的
都是我的亲人

四

我从不着急

前进或退后
你能说哪一个错

五

怎么说呢　太阳
只不过是她在往日的沧桑上
敷了一些金粉

六

我试图阻止时间的步伐
让它停下来　配一条
能牵住它的缰绳

七

愚蠢来源于自负
来源于盲聋
来源于星星雨

八

我们的脚下都是悬崖
寒气飕飕
你却把它当作热浪

九

无论从哪一个方向望去
你都是风景
只缘你不识自己而已

十

其实世界就是你和我
白天我是阳光
黑夜你是月华

2021 年 8 月 21 日

天空慢慢降下黑

天空慢慢降下黑

我一天的疲累

归于一碗面　一杯茶

归于两集热闹的电视剧

归于平淡与真实

归于浅浅的温暖

城市的灯火次第亮起

辉映得无数颗星星辽阔而起伏

辉映得一轮明月羞涩而迷人

我在小屋柔和的光线里

把夜摊开又叠起　叠起又摊开

忽然发现

夜不过是白天穿了一身黑衣

2021 年 9 月日

漏水的顶楼

天一哭
房子也哭
我也忍不住哭

一面墙上挂着斑驳的地图
一面墙上悬有河流的印迹
一面墙上鼓起大片的皮肤……

二十六楼的风景纷纷跌落
生铁一样
砸伤了这个城市的高光

谁在笑
谁披着袈裟
谁在花园洋房里灯红酒绿

一角碧空
被一朵乌云折磨得
失去了颜色

2021 年 9 月 16 日

远方的风铃声

我蜷缩在沙发里
像一只病猫
望着窗外的星星
围着月亮送秋波

昏暗的灯光像薄雾
极力掩饰什么　又似水
一遍遍淘洗不为人知的隐私
我一动不动

头发　面庞　双目
一次次逃出生天
一次次想绽放
夜深邃且黑……

我试图跃起　试图
以指为剑　击穿那团星光
可我无力　我已深陷于
远方的风铃声中

2021 年 11 月 27 日

去 找一朵云

去 找一朵云
给我擦一擦
心上的尘

人间有雾霾
我的白
被夜色侵袭

所有的伤痛
都挤在诗里
诗 被挤成一枚硬核

没有谁听见我的朗读
更没有谁
听见春风饥号

我的天空逼仄
甚至盛不下一道闪电
当然 也会限制想象

我没有梳洗翅膀 没有

我拿着一枚硬币　试图

卜个吉祥

2022 年 2 月 14 日

正月十五的灯

一盏又一盏

亮了

一盏又一盏

排成长队

我不敢问

哪一盏

是你的宿命

我提了一盏

一点一点

逼退夜色

逼退心中的黑

高高地挂在眉梢

估计没人会注意

风中的抖动

2022 年 2 月 15 日

正月十五的红

雪酿成的

云酿成的

风酿成的……

这一杯

浓浓的乡情

还未沾唇

却已醉眼蒙眬

夜晚的怀旧

交错曲折

月　最圆的泪

心　最亮的灯

莫问

月归何处

何处安心

早春的空旷

已被填充

友情

亲情

爱情

塞得天地间

几无缝隙

春联红
灯笼红
笑语红
天涯梦里故乡红
万里河山小村红
穿越与传承
心　中国红

2022 年 2 月 15 日

沧　桑

无疑　满城灯火
未阅尽夜行者的沧桑

月亮也沧桑
盈时笑　亏时哭

星星也沧桑　撑不住的流逝
钉牢的　眼含热泪

我也沧桑　心沧桑
谁的问候能破墙

2022 年 3 月 4 日

我瞬间站在时间之外

我瞬间站在时间之外
春和夏无缝交接
惊得我目瞪口呆

春风去　且悄无声息
春雨未到　猴急的阳光
趴在芽尖上狂吻

一撮又一撮鸟鸣　轰响
热烈拥抱的枝柯
桃花和杏花是连襟

青山难阻流水
流水涌向根
万千吵闹与纷争不停

蓝天显得多么寂寥啊
精彩的讲述还原大地
我的故事悄然开始

2022 年 3 月 11 日

高家堡

一座古堡　可惜
没有我的故事

平凡的世界　不平凡的人们
创造着各自的机运

从小商小贩到店号巨贾
大街小巷　有祖辈的身影

摩肩接踵　穿梭人流
童年活跃在每一块青砖碧瓦上

现在几近一座空城　焦灼和等待
镶嵌在每一条新或旧的砖缝中

我的叔叔和婶娘　他们的血管
早已融入横七竖八的街巷

我已成为一个游人　每一次回去
都睁大眼睛寻觅

寻觅什么　我不知道
每一次离开都怅然若失

回故乡　回家
为何变得这么艰难

2022 年 5 月 29 日

端午节

粽子　只为纪念一个
忧愤而死的诗人

不曾被另外一种食物代替　不曾
粽香加深了失眠人的失眠

汨罗江没有溅起伤感　没有
默默的小理河仍在怀念一个人

谁也没发出天问　不敢
只是在心里吹弹

今夜无雨　陕北高原大旱
凌霄塔残缺的风铃依然残缺

酒杯浅　装不下一寸江湖
天不语　无人倾诉内心的波澜

谁的朱颜　已无镜欣赏
干裂的河道坚拒了长衫

2022 年 6 月 3 日

南二环

南二环　你是虚伪的
没有真诚地留我过夜

我仰头望月　它在星群里移动
仿佛在躲闪着我

从东到西的车辆　呼啸着赶路
从西到东的车辆　急切地归家

没有一辆停下来　没有一辆
搭载我这个被影子纠缠的人

站在夜色里　我不知所措
路向四面八方奔涌而去

我转动着脖子　无异于转动一架破旧的水车
我听见所有的骨缝都在吱吱呀呀地暗响

2022 年 6 月 9 日

月亮不跟着我

月亮不跟着我
它独自在夜空行走

星星们纷纷避让
避让一个高贵的孤独

它收敛了自己的光芒
它怕外溢　伤及无辜

我以为它逡巡天庭
以为它傲视穹苍

星星们不语
它们打着暗语　我无法领悟

我就是个独行侠
云雾里穿梭　现实中挣扎

我不奢望月亮回望
更不奢望孤独是一种高尚

我在大地上行走
影子不离不弃

月亮在天空行走
我一路追随

2022 年 6 月 14 日

西安护城河里的鸭子

月亮桥下　没有鸭子通过
只有行人的影子　稀释着燥热

凉风被柳枝搅动　水波
一圈追着一圈问询

五只鸭子　父母和三个孩子
悠闲地栖息在人造草滩　没有丝毫委屈

三个孩子临水而卧　扁扁的嘴
不时啄着水中游过的弯月

它们的父亲母亲
总是昂着脖子　环顾赏视着什么

我羡慕它们　那么和睦　那么吉祥
护城河就是它们的家

两岸灯火辉煌　城楼巍峨
熙来攘往的人们　爱心煌煌

西安　我的古都
连鸭子都生活得幸福

2022 年 6 月 20 日

夏 雨

雨割裂着谁
让谁遮不住灰烬

参天之树还是柔韧小草
还是你我一地鸡毛的青春

酷热难消
一座城池　难以突围

无人写下承诺
蚂蚁的尸首　遍地横陈

我的爱情仍停留在纸上
纸上的浪漫　没有泪光

雨和我一样　虽锋利
但激不起一丝涟漪

2022 年 6 月 26 日

长安风

逮住一缕　溜了
又逮住一缕　又溜了
长安风　若隐若现的丝绸
把酷热的夏天
粘在我的额头

逮住一缕　溜了
又逮住一缕　又溜了
长安风　若明若暗的凝脂
把燥热的思念
贴在我的胸口

逮住一缕　溜了
又逮住一缕　又溜了
长安风　若真若幻的霓虹
把空空的月亮
吊在我的眉梢

长安风　长安风
吹不动护城河里的绿水
吹不动环城苑里的鸟声

长安风　长安风

吹不动我一辈子陷在光芒里的孤影

2022 年 6 月 30 日

火 炬

以崇敬的目光

以仰望的目光

以纯洁的目光

高擎着火炬

我跑在蓝天下

金色的火焰

点燃梦想

点燃信仰

点燃幸福

我是一名光荣的火炬手

我擎着火炬　不

我擎着大我

奔跑在人生的路上

身后　摔落一串又一串

叹息与击掌　还摔落

一个小小的

小我

2022 年 7 月 14 日

到关山

到关山
我不牧马　不牧牛　不牧羊
到关山
我牧鸟声　牧白云　牧绿草

到关山
我不牧树屋　不牧帐篷　不牧红墙
到关山
我牧幽泉　牧山风　牧花香

到关山
我不牧影子　不牧孤独　不牧暗伤
到关山
我牧篝火　牧蝉鸣　牧流萤

到关山
我不牧喧哗　不牧诱惑　不牧凡尘
到关山
我牧简朴　牧童真　牧清欢

关山啊　我心灵的牧场……

2022 年 8 月 7 日

立秋了

我被一场暴雨　推至
一朵花的缤纷之中
我没有迷路　我在逼真中
寻找香气

渐行渐远的是春天　不
还有夏天　那酷热难耐的夏
淬炼了我的爱　我的爱
在雷声中裸奔

雨排山倒海袭来
我逐渐靠近秋天这个孕妇
我不敢大声喧哗　我怕惊扰
她腹中即将诞生的婴儿

2022 年 8 月 11 日

风仍没有起来

我低　低　一再低
风仍没有起来
热浪把我送至初秋的峰顶
四野起伏　景色绝美
我觉得我就在根部

没有承诺　果实就是密码
我在四季的路上
总撵不上时光　时光
也不会拉着我走

做一个平凡的人多好　不许愿
也不还愿　活在一地鸡毛中
烦恼而缤纷

热浪退不退　风起不起来
我最关心　在尘世中
我不谋雄起
我只想把偶尔的孤独
一瓣一瓣掐碎

2022 年 8 月 13 日

我无伞

我又一次被雨击中　雨如枪弹
密集地射向我
它怎么会知道
我无伞呢

季节被雨一步步拉进秋的深处
渐渐成熟的果实　展示给
刻骨铭心的爱情
刻骨铭心的爱人

雨还携着寒冷　寒冷逼退鸟虫
逼退它们的吟唱
我把飘落在头顶上的一片树叶当伞
意念中的华盖

谁也没告诉我雨何时停
秋风穿过雨帘　为谁奔走
我已成为一滴冷雨　在纷繁的击打中
期望遥远的回声

2022 年 8 月 23 日

秋 雨

雨变细了　细得像吴堡空心挂面
长长的　从天空
垂挂下来

我捧出一只灰白色的老瓷碗
满满的温润里
缺少一颗耀眼的鸡蛋

赶路的人饿着肚子
他们多么想　饱餐一碗
空心挂面荷包蛋

人生路短　也漫长
此刻的奢望　有解亦无解
秋雨绵绵天生铅

2022 年 8 月 25 日

我站在秋天之外

秋风送远的
不只是醉人的香味
和诱人的风景　还有
蚀骨的思念

我站在秋天之外
看一阵又一阵凉风
如何把浓郁的绿叶
变黄

2022 年 9 月 3 日

天空一直辽阔

雨不圆润
不到走投无路时
它不会落下来

有可能是被逼无奈
它不落
乌云不会散开

是舍生取义吗
天空一直辽阔
雨摸不透它的深浅

2022 年 9 月 22 日

夜的苍茫

夜的苍茫　心的苍茫
我不知道去哪里寻找灯光

月亮上有云翳　月亮失去翅膀
月亮的挣扎就是我的惆怅

星星缩在夜的锅底
夜　不屑于星星那颤颤的光

叶子紧抱着树木的枝干
蝉也噤声　七星瓢虫装死

群峰耸立着孤勇　勇向何方
谁是对手　哪里是战场

城市微弱的心跳夹杂着娇喘
也夹杂着不死的梦想

街道是绳索　不　是我的诗句
是逃出生天的意象

唉　大地空旷得只剩下黑

只剩下我哆哆嗦嗦的目光

2022 年 9 月 27 日

第二辑　我瞬间站在时间之外

小麻雀与直升机

雨只湿了地皮　一只小麻雀
落在了门诊大楼前的直升机上

直升机已穿上军绿色的马甲
降温了　小麻雀跳跃着取暖

匆匆忙忙的步履　杂乱而单调
小麻雀的调皮显得有点尴尬

没人理会它的叫声　也没人理会它
在直升机上跳来跳去

小麻雀是这个城市的标配
它胆大任性　居然不惧医院

它不明白这个庞然大物　为何不飞上天
它在螺旋桨上啄来啄去

医院门前的两排梧桐树它熟悉
门诊楼住院楼行政楼它也熟悉

唯独这个家伙　僵尸一样停在这里
了无生气　唉　有趣又无趣

它盼望着它飞起来　飞上蓝天
最起码像它一样自由自在

小麻雀依旧叽叽喳喳　它怕它的沉默
破坏了直升机的辽阔

2022 年 10 月 13 日

一只啄木鸟

天上出现一朵洁白的云
似乎在缓慢地下沉

门诊大楼前的直升机
一动不动
丝毫没有起飞的迹象

斜刺里冲下来一只啄木鸟
在冷冰冰的螺旋桨上
笃笃笃　笃笃笃地啄击……

2022 年 10 月 15 日

金黄是谁的颜料

落叶的奇景不是时间
是一片透亮的成熟

一次闪转腾挪的旅行
一次失去目的的把控

金黄是谁的颜料
我不敢轻易发问

风掀不起厚重的沉默
蚂蚁们独自爬行

2022 年 11 月 9 日

取　走

一个足球
取走了我的磅礴

一枚落叶
取走了我的寒火

一弯冷月
取走了我的锋利

一个人影
取走了我的空旷

2022 年 12 月 4 日

沉　默

去年的今天　我以沉默
打开了一个充满希望的年份
今天　我又以沉默埋葬了它

回首三百六十五天　我对自己
渐渐委顿的影子
只能报以沉默

明天是又一个三百六十五天的第一天
我对未来　丝毫不敢幻想
依然用沉默对抗

2022 年 12 月 31 日

咳　嗽

我不能说话　只咳嗽
用咳嗽
表达我的观点

老婆说　你能否
活得轻松点
我依然用咳嗽回答

新鲜的太阳爬上窗玻璃
爬上了我的额头
我忍不住咳嗽

风压根就躲着我走
它对不起我　它用寒冷
激活了我的咳嗽

我的 2022 年
交给我的 2023 年的唯一
就是咳嗽

只有月亮同情我

眼泪汪汪地看着我

咳得地动山摇

2023 年 1 月 1 日

只剩一小片阳光

我舍不得消费
我的口袋里
只剩一小片阳光

你拿去吧
或许能做一块补丁
贴在你的伤口上

我再也掏不出什么了
我已成为影子
活在风中

2023 年 1 月 2 日

掏空的羽翎

又一小片阳光
贴上我的心口

起伏的咳喘　骤然
平息了下来

几声鸟鸣
唤醒我的天空

我仿佛是一根掉落的翎羽
又开始了飘……

没有重量　轻得像蓝色的梦
但无法挣脱

最好的事物
用时光煮茶　再慢品……

2023 年 1 月 5 日

又落雪了

又落雪了
小麻雀
成了茫茫雪野的
一个逗号

无法攀比
无人追随
我
只能立为叹号

2023 年 2 月 12 日

春风没告诉你

春风没告诉你
一滴水能否承载海洋
一双翅膀
能否驾驭天空

春风没告诉你
一滴水中装着大千世界
一双翅膀
携带着梦想飞翔

春风没告诉你
一滴水取自我的眼睛
取自大地深处的泉眼
取自深不可测的思念

春风没告诉你
一双翅膀是血与火淬炼而成
是寒冬与早春搏斗而成
是渺小与博大交织而成

是的　春风还没告诉你

我　一个弱不禁风的诗人
以卑微的身段　仰望的姿态
为昂昂努力的芽苞不懈歌咏

2023 年 2 月 18 日

来点雨水吧

来点雨水吧
我不知干渴的还有什么
思念吗
孤独吗
焦虑吗
听噼噼啪啪的开张之音
仍干燥

来点雨水吧
冬天隐藏的
需要滋润来显现
风暴已过去
悲伤已过去
人生逐渐成为一面镜子
逐渐更正我们扭曲的相貌

2023 年 2 月 19 日

春　日

小麻雀　蹦蹦跳跳地
啄着春光　满嘴喷香

密集的鸽哨　把空旷的天空
拉低　低至我的心事

躺在皱纹里的残雪
伸了伸懒腰　瞬间消失

蚂蚁们还在酣睡　洞口虚掩
我猜它们是假寐　等一道闪电

远山又留住了风　风
从云朵上下来　带着雨水

我接了母亲的电话　心若桃花
没有谁　像我一副不谙世事的模样

2023 年 2 月 20 日

行走的影子

行走的影子
被困于春天
没有花朵为其喝彩

残雪涉世未深
风一动
就满面灰尘

迎春的花次第绽开
蜜蜂到处解禁
庙宇上的风铃声传得很远

行走的影子是一块铁
聚合了无数尖叫与愤懑
它没有摔开冬

春天生长于我的掌心
且向四面八方运动

草茎在地下刈割黑暗
露珠在松软的枝上跳动

谁叫醒了众多植物

我从影子中脱离出来
华美的皮囊埋在一棵树后

我竭尽全力打碎虚幻
顺着一条河的脉络
寻找我的归宿

2023 年 2 月 27 日

没有一只鸟落入我的视野

没有一只鸟落入我的视野
沙尘暴裹挟了我的城市

我孤零零地站在一根电线杆后
感到英雄末路

树是那么的无奈　有些自顾不暇
我竟没有和它们对话的欲望

沙尘暴太过霸道
它扯着天空到处疯跑

刚刚鼓出的芽苞又瘪了
感觉春天瞬间偃旗息鼓

嘴里生出说不清的味道
人影也斜了　道路也飘了起来

没有听到一声鸟叫　人过半百
似乎有意在躲避落日和尘沙

似乎　我又被捆绑在虚幻的树桩上
脱离了真实

我能改变什么　一回头
有人抱着一颗硕大的西瓜

2023 年 3 月 11 日

我不能退啊 宝塔山

我不能退 风无情
风迎面撞击我 像撞击一根木桩
更像撞击一块直立的石头

一路向北 古都长安
已成影子 已成
一声叹息

万花山以荒凉迎接我
牡丹 记忆中诱人的花朵
我内心催它早开

而巍巍宝塔 我只能仰望
只能虔诚地仰望
我没注意到脚下已风起云涌

风裹挟着我 一层又一层
风畏惧我内心的强大
竟然不顾体面地扑了上来

我听不见延河水的呜咽

延河水早已干了　河床
像我的肋骨　裸露在尘暴中

宝塔山比我想象中华丽
一座朴素的山　一座真理的山
却难以攀登

观光车师傅态度蛮横　以遵守原则
欲拒绝一汪激情　殊不知
我是延大学子

师傅的声音高　风沙的声音也高
我默默地用五指拢着凌乱的头发
再瞧　宝塔似乎矮了不少

摘星楼　宛如一座圣殿
离天咫尺　我是鹰
还是匍匐在大地上的蚂蚁

2023 年 3 月 21 日

我已清空了自己

我看桃花　桃花也看我
桃花的圣洁与单纯
入了我的心扉
我的沧桑与执着
却打动不了桃花

桃花有情
怀抱着蜜蜂
让它尽情地吮吸芬芳
蝴蝶也飞了过来
不舍左右

我左手牵着流泉
右手托着柔风
只为一睹桃花芳容

桃花　桃花
我已清空了自己

2023 年 4 月 5 日

谁又能遁入空门

一个人逃离白色的梦
不顾一切地奔入阳光

这春天的阳光啊
径直游走在一个人的骨缝中

这单薄的阳光　炽烈而执着
也不顾一切地爱着一个人

这个人是我吗　也许不是
谁又能遁入空门

2023 年 4 月 7 日

雪压住了春天的温暖

雪压住了春天的温暖　压住了
江山日渐勃发的生机

探出的苞　怒放的花
全都摊在了我的胸脯上

阳光微弱而寒冷　甚至
惊慌地辗转腾挪

果实又缩回茎秆之内　一切的窥探
信誓旦旦且充满谎言

春水喑哑　满山的热切与赞美
瞬间变得小心翼翼

幸好　我还留着火种
幸好　我的胸脯上还长有野草

2023 年 4 月 24 日

灯火勾勒出城市的轮廓

没有哪一个伟大的画家
比灯火更卓越　没有

灯火勾勒出城市的轮廓
也勾勒出城市的心情　开放而热烈
直抵我暗藏的一小片荒凉

烤串与江小白　涂抹着城市的烟火色
烟火色融入灰黄的天空　天空
一副油腻大叔的模样
幽默又令人忍俊不禁

细长的扦子与空酒瓶
不认识街道　也不认识春风
失业的忧愁与迷茫交织
过往的目光被睫毛拦挡

没有女孩子的夜晚多么寂寥
月亮也显得空洞
星星就是一枚枚闪光的钉子

没有谁邀请我　没有
我混迹于大排档　拾起冷风吹落的一片花瓣
轻轻地吹去它上面的尘土
谁来珍藏　我没有多想

2023 年 4 月 29 日

第二辑　我瞬间站在时间之外

唯独我观望

谁把夏日推后
谁捎来春天的遗言

祖传的大河失去翅膀
天空被一些云挤压

跌落的花瓣紧贴泥土
树梢上挂满破碎的月光

雨点时而潮湿时而干燥
封面与封底　总是合不拢伤口

手指长　长的是夏
长的是努力攀爬的藤

脚趾短　短的是冬
短的是瞬间崩溃的雪花

寺庙在山上　神在心中
风　在世上

你走过　他也走过

唯独我　观望……

2023 年 5 月 9 日

第二辑　我瞬间站在时间之外

我为这无常的天气而忧郁

我为这无常的天气而忧郁
我所写的诗歌亦弥漫着忧郁

听风　风冷
听雨　雨冷

听月色　月色冷
听花香　花香冷

听涛声　涛声冷
听呓语　呓语冷

听披肩长发　也冷
听如瀑阳光　也冷……

这日子　这浮世
怎这般折腾

已是夏日了　我的皮囊
裹不住一颗失去温度的灵魂

2023 年 5 月 10 日

白云在擦拭着一座座高楼

我所熟悉的白云　在擦拭一座座高楼
擦拭高楼上的灰尘与世俗

在楼下仰望　一扇扇窗口紧闭
飞鸟瞬间划过　无痕

小草也在仰望　不过它仰望的不是高楼
是云朵　怎么那么白　那么丰盈

我的目光爬不上楼顶
蜗居在地下室　一个拉着灯才亮的囚笼

白云不带雨　也不带雷电
我想象它很温柔　蚀骨化心的那种温柔

天空寥廓　以至于任何翅膀都无法抵达
它的寥廓无异于一个黑洞

白云的不懈努力感动了风
风　以它的呼啸推动着天空的湛蓝

133

陌生的主人在楼顶上种植了花草
也许为白云　也许为辽阔的心情

我在负一层的蜗居里种了一把韭菜
这一小团绿　权当整个春天

白云以蓝天为家　我以诗为家
我们都有一颗菩萨心

2023 年 5 月 18 日

岭南雨

雨是千万只鸟
从岭南低垂的云中落下来

不停地啄食尘世的烦心事
不停地啄食大地的燥热

我生怕它们咽不下去　伸出双手
想承接什么

太阳被一朵云俘获
押在一棵树的背后

我没办法解救　前赴后继的雨
折断了飞翔的翅膀

岭南雨　我梦中的鸟
能否让我安静下来

2023 年 6 月 6 日

屈原的石头

汨罗江水很深
我只想打捞那块石头

江水缓慢地流了两千多年
石头仍压在你的身上

没有谁能阻止江水的流动
也没有谁能搬走那块石头

石头多么想露出水面啊
透一透气也是一种福分

你不肯出来　　那样决绝
以至于石头表面四分五裂内核依然坚硬

汨罗江水从未清过
那块石头牢牢地抱着一团黑影

2023 年 6 月 23 日

多么新鲜的阳光啊

多么新鲜的阳光啊

豆浆一样

洗亮每一个早晨

荡涤每一缕心绪

麻雀们从脚手架上跳下来

啄食着遍地阳光

它们叽叽喳喳的叫声弥散着诱人的芳香

小蚂蚁们从绿草茵茵的洞穴中跑出来

披着一件金黄的斗篷

呼啸而过

小鸟们开起了演唱会

独唱　重唱　大合唱

此起彼伏　抬起了森林与山梁

小蜜蜂们目不暇接

满山遍野的鲜花　采谁

真让人头疼

蝴蝶们索性剪阳光为羽

一会儿驮着山谷　一会儿飞越溪涧

一群自由自在的小精灵

啊　阳光真香

孩子们像鲜嫩的芽叶

竞赛似的疯长

啊　阳光真香

耄耋老人张着豁了牙的嘴

唱着流行歌

啊　阳光真香

生活如一首首诗

醉了纷繁浩博的意象

2023 年 6 月 29 日

鹰是天空的

鹰是天空的
我伸出的双手　又缩回

我想承接鹰的飞翔　承接鹰的锋利
承接鹰的不可一世
承接鹰的清醒

我从太阳的阴影里缩回双手
我有点柔弱　似乎不太自信
有时甚至故意囚禁自己

我没有草原大气
可能比不过一棵小草
我的辽阔是假想的　辽阔属于鹰

小草在鹰的翅膀下无比坚强
小草护着它头顶的露珠
风从根部掠过……

大地总是没办法望穿　只能望鹰
天有多高　鹰就能飞多高

我的目光也能望多高

其实　目光是一道绳索
它捆不住天空　只能捆绑鹰

2023 年 7 月 24 日

小麻雀

湛蓝的天空
高高地吊在风中

大地像一块磁铁
牢牢地吸引着
一群小麻雀
啄食着阳光
啄食着无上的天真烂漫
啄食着我的艳羡

头顶上一根灰色的电线
垂了下来

2023 年 7 月 29 日

无水汊渡

有可能　我再也回不到
那个清晨

你如一朵睡莲
灿然开放在新鲜的阳光中

时光像一条薄薄的凉被
轻轻地盖着一块青涩的铜

整个世界已被忽略
无数赞美的词呆呆直立

咫尺天涯　谁能修炼到
无水汊渡

冷漠的绝不是心
理智的绝不是紧闭的门

无法打开自己
尘埃　漫卷破碎的鸟鸣

2023 年 8 月 12 日

秋 夜

白天那只鸣叫的蟋蟀不见了

半个月亮跌入池塘
我不熟悉的几条鱼
争先恐后围过去

夜扯来一块黑纱　天地衔接处
响起了凄凉的唢呐声

远山一片空寂
果实摆在一张遗像前
一只喜鹊和一只乌鸦
呆呆地立在树梢上

又有一颗星星
随月而去
我像一座岛屿　渐渐
沉没于夜色里

蟋蟀也陷入危险境地……

2023 年 8 月 14 日

七 夕

我一生
像乞丐
无处讨要
一枝带刺的玫瑰

今夜在沈阳
果盘上放着一枝红玫瑰
那歇斯底里的惊艳　若我
三十年前的泣血

2023 年 8 月 22 日

月亮的攀爬

夕阳被一阵风扫落　又圆又大的月亮
颤巍巍地站在楼顶上

我看到硕大的汗珠　一颗接一颗
跌落在城市的灯火中

慢慢地　慢慢地
月亮又开始攀爬
那艰难的挪移像极我风雨飘摇的童年

天空那么深邃　又那么高远
我甚至怀疑它没有尽头
没有边界

我不明白　月亮远离了山峰与森林
为何执着地向那虚无缥缈的高处攀爬

远离了水与氧气　远离了密集的注目
有时我看它像一张苍白的脸在招摇

有时它就像一只铁环　传来火车的声音

有时它就像一只锅盖　难以掩饰生活的困窘

我不敢亵渎　真的不敢
月亮的攀爬与盈亏似乎与我有关

时代的鞭痕若隐若现　有的就是暗伤
但我不敢擅自掀开

夜色在围剿着月亮　它的光芒
替我兜住了远方的梦呓

它还在艰难地突围　奋力地攀爬
天空依然熟视无睹　甚至木然

突然母亲咳嗽了一声　那声音破碎而零乱
像闪电

2023 年 9 月 1 日

蝉

能在这车水马龙的城市鸣唱
了不起　蝉
你已是一个温暖的词

夏夜没有多少值得演绎的故事
你就是浪漫的哏
逗夏

你承载的是土地的梦
蛰伏　抑或休眠
都是为了新生后的响亮

在闷热的季节　在烦躁的不安中
你的叫声凉爽　甚至
像我童年的口哨　神奇而干净

薄薄的翼　但也是翅膀
照样拥有一角湛蓝的天空
照样拥有一个迷人的星座

谁的忧伤被你化解

谁的美梦被你叫醒
谁　收藏着你的爱意

在秋天　我没有听到苹果落地的声音
反倒　当我萎靡不振时
你的叫声像一道光

蝉　了不起
你自带的乐器
让鸟儿噤声

2023 年 9 月 11 日

黎明的雨滴脆弱

黎明的雨滴脆弱　经不起
秋风扫

乌青的云被一只无形的手摊薄
枝头上的红枣炫耀与雨的暧昧

岁月留了一条缝可以钻进去
可以观赏已失声的蝉

萤火虫不想做标本　在画室
我看到它在驱赶黑夜

凉意加重了　杨树的枝柯间
没有现出彩色的影子

雨时下时停　一个人
用纤细的手掰断了我等待的目光

2023 年 9 月 24 日

何来救赎

一个人的月光　萧条

一个人的草原　嚣张

一个人的影子　孤单

一个人的辽阔　无比惆怅

何来救赎

低谷处

一朵无名的小花

被一朵云压着

2023 年 10 月 9 日

那枚落叶是一只飞鸟

没有一个人出来指认
那枚落叶是一只飞鸟

它跌在一个僻远的荒角
同时跌落的　还有它飞翔的梦

秋天的树木变幻着色彩
远山和云朵变幻着形状

风卸下了浮躁　风喊着流水
流水喊着谁的名字

也许是那枚落叶的名字
也许是那只飞鸟的名字

流水接纳了一切　甚至接纳了
一个荒诞的梦

我蹲在那枚落叶面前　轻轻地
掀去它的尘土与黑暗　掀开它的翅膀

我突然发现　它就是我曾经丢失的那只鸟

怀中紧紧抱着一片蓝天

2023 年 10 月 26 日

第三辑

夜在小心翼翼地缝合伤口

你在人流里穿梭

你在人流里穿梭

街道无异于一根根绳索

脚印绊着脚印

影子牵着影子

脚印推着你向前

——脚底无风

你跟着影子蹒跚

——影子有光

脚印探向千里之外

影子背着卑微紧随

2016 年 10 月 31 日

醉了天地

这样的雨

太过生猛

像土匪

抢夺我的酒杯

伸出右掌

撑住慢慢压下来的天空

来　干一杯

再干一杯

密集的雨点

化作玉液琼浆

一个人的王

醉了天地

2017 年 8 月 26 日

秋风改变不了我的模样

秋风　改变不了我的模样
皱纹是昨天的　白发
也是昨天的

云在天空行走　一会儿矫健
一会儿悠闲　它活的就是心态
它觉得天空就是它的大地

花依然开　开得浓烈而深沉
它拥抱秋风　秋风让它的香
弥散成熟的味道

大地上的树木团结又活泼
一排排整齐地站立　威武昂扬
一齐大合唱　撼山震岳……

河流心胸开阔　哪怕
河道里波激石滚　眉面上
依然风平浪静

的确　风吹不走　雨赶不走

奔跑或者负重爬行

一切都在向前　我也是……

2021 年 9 月 25 日

挪

夜没收了好多飞翔的翅膀
也没收了我贫瘠的想象

我没有牛奶和面包
巧克力味的爱情
于我　是一个美丽的梦想

路不在我的脚下
在我的肩上
如一根纤绳
拉着日月

我不擅奔跑
遍地蒺藜
让我　一寸一寸
往前挪

2021 年 9 月 30 日

又一次被黑包围

又一次被黑包围
一种说不出什么滋味的黑
差点让我窒息

以为是夜
以为是孤独偷袭
以为是灵魂破碎

感觉黑在运动
感觉黑张开了血盆大口
想吞噬我

一介书生嘛
一个踏着书本行走的人
一只有翅膀不能飞行的鹰

起于草根
成于丛林
一块小风即可掀翻的冷石

对于黑　我无可奈何

索性融入吧

看黑到底能把我怎样

2021 年 10 月 13 日

突然感到

一切都是空

被掏空的空

天空也空

大地也空

山峦也空

草木也空

高楼也空

操场也空·

熙熙攘攘的人

皆空

一位至亲说

健康是唯一的实在

一后面都是零

我顿悟了

慢慢地把扬落的五脏六腑

又装回了肚子

又紧急追回了跑远的灵魂

又拿起了书

开始

填充自己

2021 年 10 月 14 日

第三辑　夜在小心翼翼地缝合伤口

一生陪伴的只有影子

大地是天空的影子
你是我的影子

我裸露的河床
云朵干涸

石头龟裂
铁是草木的归宿

山无形
路拽着一根草绳

遥远的远
近在咫尺

没有什么比手指锋利
没有什么比熟视无睹残忍

走着走着背就驼了
走着走着路就没了

一生陪伴的只有影子

无话可说的也是影子

2021 年 10 月 19 日

老麻雀

今天的阳光很脆
被麻雀们一块一块掰着吃

瓦蓝瓦蓝的天空罩着这些小可爱
它们幸福得像一群毛孩子

它们一边吃一边跳还交头接耳
我看见它们的黄嘴边流出芳香的汁

一只老麻雀似曾相识
见了我不住地叽叽喳喳

仿佛他乡遇见故交
又点头又作揖又攀谈……

我一时想不起在哪见过
老家的牌楼还是石峁的城头

我掰了一块硕大的阳光递给它
谁知老麻雀噙着它飞向高家堡

2021 年 10 月 22 日

我被雪踩疼

我被雪踩得咯吱咯吱叫唤

一种轻微的疼痛

混入呼啸的风　茫然奔突

城市努力睁大眼睛　四处放电

仿佛在寻觅什么　又仿佛

抵挡围过来的幽灵

第一次感到天空是这样局促

除了雪花在飞　路在飞

我熟悉的那只小麻雀　藏在了哪里

所有的叫声都被沉默的白所覆盖

微弱的希望　不可避免的恐惧　湿冷

都隐匿在我茂密的发丛里

我也学着沉默　不敢大声嚷嚷

雪芒　风针　缓缓压过来的高楼的阴影

你敌过吗　哪如双手捧出珍珠

这个世界被雪装扮　也被雪踩疼

雪的这种白　任何人任何事物

都模仿不来

2021 年 11 月 6 日

我不再挣扎

我不再挣扎

挣扎也是徒劳

天空就像铁锅一样

扣在我头上

我的上千根毛发

死死撑着

不用你动手

我已无缚鸡之力

海的咆哮　浪的撕扯

风的鞭笞

甚至蚂蚁的噬咬

我早已成行尸走肉

若干年前　我就把美好埋葬

我用我早生的华发

铸了一把镬头

在时光深处

挖了一间陋室

粮食　柴火　油

包括阳光　一概没有

我已躺平　山不像山

川不像川　让四季

弹奏我起皱的皮肤

让漩涡　抛弃激流

让条石　抛弃坚韧

确切地说

我更像一块黑沉沉的铁

压着大地毛茸茸的胸口

2021 年 11 月 10 日

今天的风硬

今天的风硬　我不敢流泪
怕这几挂思念
成为别人观瞻的冰瀑

秋天总是迫不及待地
把冬推到我面前
推到一个婴儿面前
推到一个失恋者面前
一双无形的手收割了累累硕果
大地之上　纷扬着
无人触及的
落叶及落不下的悲伤

我是谁　我该如何
在严寒中转型
转为雪人　纯洁护身
转为冰　聚合阴阳
转为黄叶　归于泥土
转为路边一截朽木
心藏着绿　冷眼紧盯
尘世的轻与重

我的大衣与寒冷无关

我的匆匆步履与雪无关

我的疼痛与北风无关

我是一个放纵者　精神与灵魂

不是俯贴着大地

就是游弋于蓝天

我不想成为风景

成为一个季节的颜值

总想占有或改变什么

我的目光始终是一条道路

穿越污秽的初心

2021 年 11 月 21 日

沿着南二环

沿着南二环　从西向东
我又一次
把全身的重量
交给双脚

一步一步
走过西北工业大学
走过西安电子科技大学
走过西安音乐学院
走过长安大学
雁塔假日酒店
触手可及

南二环就是一条金色的河流
也是一条血管
也是一个梦想
也是一片亢奋与长叹
但与我无关

我是一个过客
我的爱与梦想

在陕北

在那高高的山岗上

这座城市的一切

只能瞭望或倾听

沿着南二环

我走不回故乡

2021 年 11 月 23 日

突然陷入孤独

突然陷入孤独

繁华之后

是一阵巨大的沉默

甚至目光呆滞

找不到突围的方向

人世间的熙熙攘攘

竟有点厌倦

甚至想逃离

在两亩菜地里吟诗

在一座孤山上放歌

可能吗

我已被一条奔涌的河流裹挟

做一块顺流的木板

或一朵飞溅的浪花

一条鼻青脸肿的小鱼亦可

孤独是心灵无边的黑暗

北风浩荡　雪花狂舞

也无济于事　我只能告诉自己

挺着　夜路也是人走的

何况月亮和星星始终伴随着你

2021 年 11 月 26 日

下午五点半

下午五点半　这一刻多奇妙
瞬间
天戴上了黑色的面纱
人生的又一个舞台
我闪亮登场

泥色的酒瓶瓶
显得浩荡又夺目
矮矮的酒盅盅　满满的豪气
惊吓了窗外的灯火
夜顽强地黑着

我已是无指标的人　一杯酒
足以山河翻转　饮茶吧
一盅一盅茶　超然出世
醒了我　醉了
四面墙壁

2021 年 12 月 6 日

抛　弃

我不敢想象　这
海水一样的天空
也抛弃吗
那鱼儿一样的云
那云头上峭立的春
也抛弃吗

抛弃我　可以啊
我可以成为落叶
可以成为尘埃
可以成为一缕尾气
甚至可以
成为一块丑陋的补丁

什么都可以
只要抛弃能换回梦与欲望
我主动被你抛弃
不需要抛物线　垂直就够了
和大地躺平　被草木抚摸
是一件多么有趣的事

2021 年 12 月 6 日

风是焦虑的

风是焦虑的
它四处碰壁

扔下江山和美人
手足无措

一条条河流没有出口
礁石仍是礁石

浪花凄惨地开着
开得大海悄无声息

海鸥飞到了哪里
云怎么会知道

风在天空盘旋
一会儿紧一会儿松

蓝天啊　你深邃的宽容
怎敌过那一道刺目的闪电

2022 年 1 月 19 日

今天是我的生日

江山和美人
都是身外之物
都没有生日
实在

生日是趴在窗户上的阳光
生日是屋内一声孤独的咳嗽
生日是远方迟迟不来的问候
生日是一杯无人痛饮的清酒……

江山也是生日的一部分
美人也是
熹微的晨光或迟暮月
都不可避免

不能说精彩
但不缺起伏跌宕
一路奔跑　间或蛰伏
都为了一个梦想

独自舔伤　或引吭高歌

都是一个人的事

与这个世界无关

与你　更无关

今天是我的生日

蛋糕　肉及长寿面　皆空

我只想　掐断

感冒的尾巴

2022 年 1 月 30 日

除夕将至

除夕将至　又一句
扰了我

天增岁月人增寿
天未老　人已老

天是小时候的天
人　已是模糊的人

许多椅子空了
许多雨滴无法承接

有时听雷声是那么枯燥
有时听拔节是多么荒唐

蓝永远是天的颜色
人的颜色呢

云永远是天的衣裳
人的衣裳呢

天无情　无情不老

人有情　有情沧桑

天就是一个稚儿

人啊　它是什么

2022 年 1 月 31 日

大年初一

沉寂的除夕之夜　只有灯火
在开路

许多精彩的回声　消失了
月也单薄　星也稀疏

越来越多的解释归于隐匿
我们只期盼着一场浩荡的春风

还未彻底卸下疲倦　又得
开始奔跑

六天　恍惚的一瞬
来不及回味某些温暖的细节

人生就像一场没有输赢的
拉力赛　仅剩风景酷炫

奔跑是常态　初心使然
那昂昂的身姿就是不朽的轮廓

2022 年 2 月 1 日

大年初二

今天的阳光惊艳了我

满天芳华

遍地流香

这让我想起

披荆斩棘的先行者

跋山涉水的攀登者

这让我想起

子夜凌寒的敲钟者

无惧风雪的逆行者

这让我想起

平安世界的守护者

缤纷大地的泼墨者

惊艳了我的　不仅仅有阳光

还有大年初二　满世界

绽放的笑靥

2022 年 2 月 2 日

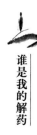

大年初三

阳光蹑手蹑脚地凑在我的耳边
神秘兮兮地告诉我
春天已出发了

真的　阳光怎么知道
我攥紧的时间里
热切地呼唤春风

太久了　这丝丝冷气
盘踞在我的肺部
让人心生恐惧

无数个寒夜提灯寻觅
无数个黎明策马狂追
为的是　春风急

阳光还送了我一块洁白的云朵
让我擦一擦
脸上的灰和心上的累

再没有比这个消息更让我激动的了

我双手合十

春风疾驰

2022 年 2 月 3 日

大年初四

一路向北　迎接春天
回家　迎接我
回家

似乎听到了一声鸟鸣　又似乎
听到了一些努力的蠕动声
单纯而感动

那些疾速退后的山梁草木
已经有了露珠的滋润
有了灵动的诗韵

我的执着在祈祷中前行
它一日穿行了两个季节
所有的所有　都已不是秘密

立春之日回家
眼生春风　手攥春风　脚踏春风
春风啊　百里不敌一寸

2022 年 2 月 4 日

大年初五

又降温了　寒气

抬高了我的咳嗽

年过古稀的父亲说

初五迎财神

我还被流感纠缠

起伏的山峦飘舞的河流

倾泻的阳光滑翔的云朵

都是我胸腔急促的气喘

一条路蜿蜒而去　除了坎坷

还有陡峭　甚至是悬崖绝壁

我的内心　始终长着一棵参天大树

根部　时而大河奔涌时而溪流潺潺

从没有向严寒低头

也不问沉默的理由

岁月以怎样的方式绽放

以怎样的方式沁入我的内心

我不关心　老父亲又说

正月初五迎财神

我茫然四顾　不知去哪迎接

一阵剧咳惊落悬浮的微尘

2022 年 2 月 5 日

大年初六

连续五天灿烂的阳光　今天
突然敛藏了翅膀
这一下让人闷了
年味十足的芳香　又得
重新梳洗一遍

感觉春风又找不到路了
感觉放飞的风筝又被一棵树挂住了
感觉大海瞬间安静了
街道上的人突然少了
天空忽明忽暗　总忽视高楼的存在

我独居小屋　一直在等待阳光
把等待死死地攥紧　生怕溜了
生怕　去年的伤感再次弥漫
沁入蠢蠢欲动的事物　生怕
自己再一次陷落

我知道　工作的时间已不多
我不画春风不画春色不画春光
更不画无情水有情愁

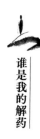
硕大无朋的翅膀已整理干净

我等待阳光决口的那一刻

我会带着整个春天飞翔

2022 年 2 月 6 日

命 运

我已无力翻阅这一页　我已平静

命运给过我什么　我回馈命运什么

已不重要　什么声音盈耳

什么声音穿破耳鼓　是蛙鸣

还是无情的闪电　更不重要

我蹲在一条干枯的河床边

脱下两只沾满泥巴的白球鞋

在一块裸露的石头上敲击

奇怪　竟没有发出一丝响动

也没有一块泥巴脱落

2022 年 2 月 28 日

你已拒绝了黑夜

你已拒绝了黑夜　月亮与星星
你拒绝了没有

我拥抱这温柔的夜色
哪怕是拥抱了虚无

我是发自内心的　你也是真诚的
磕磕绊绊是我们的宿命

没有人关心我们头顶的尺度
融合或分离　咫尺分晓

清辉洒满大地　月亮是一位仙子
圣洁　高不可攀

我不敢摘星　恐惧
满天星斗剿杀了我的锐气

2022 年 3 月 3 日

冷

冷　山脊上的冷

薄冰下的冷

生锈的冷

熟视无睹的冷

苦笑的冷

眉的冷……

我无春雨　化不开

你灰色的心结

我担心　你在低矮的风中

悄然老去

那么　我储藏一世的柴薪

谁来点燃

谁让我浴火重生

2022 年 4 月 1 日

今日是清明

没有一滴雨
甚至没有一丝风
浩浩荡荡的阳光
早已把起起伏伏的疼痛
稀释

顾不得悲伤
更顾不得追思
满山火爆的桃花杏花
满山调皮捣蛋的花香
戏走了烟灰

孩子们在桃林中追逐
叽叽喳喳的笑声
冲淡了大人们的哀戚
群山如浪　一排排
涌在脚下　又退向远方
花的喧哗止不住
清明在一组组绿色的旋律中游移

2022 年 4 月 5 日

属于我的

突然发现　阳光　月亮
碎粉粉的星星
都不属于我

属于我的　是夜色中
双目炯炯的猫头鹰
以及它那双铁硬的翅膀

属于我的　是黎明前
一阵紧似一阵的急雨
和一条向前铺开的泥泞的路

属于我的　是一场又一场无奈
一场又一场尴尬
一个又一个无血的伤口
一朵又一朵还未绽放
即被鞭落的花骨朵

突然发现　属于我的
是我自己酿造的
苍白的独白

幽黑的孤傲

粉色的绝望……

我常常半夜惊醒

呆呆地枯坐到天明

我曾幻想　朝阳

是否会提前光顾我的额头

是否能带给我一点好运

2022 年 4 月 23 日

雨在神木下着

雨在神木下着　一波急一波缓
有的地方已形成积水
像一面镜子　照着落日
照着这轮巨大的孤独

榆林不下雨　只有几朵乌云
在古城的上空晃来晃去
风东跑一阵西蹿一阵
勾不来雨　无趣又尴尬

石峁的地能种了
葫芦旦的地能种了
高家堡的地　也能种了
可种地的人在哪里？

2022 年 4 月 27 日

中湾村的粽叶

说实在的　我能做的
就是给中湾村的贫困户卖卖粽叶
他们养湖羊赔
他们漏粉条赔
他们出外打工挣下钱要不回
他们唯一的指望　绿格铮铮粽叶
换回两个现钱

永顺在努力　张荣在努力
朱怀东在努力　郑朋山在努力
谢丽华在努力
四嫂也在努力
贫困户朱明祥卖得两千四
贫困户刘买有卖得一千八
贫困户李六儿卖得八百七……

粽叶　粽叶
汨罗江水蘸湿　小理河水蘸湿
榆溪河水也蘸湿
包糯米　包红枣　包善良
也包一缕缕掰不开的情怀

我呢　包一首首嫩绿的小诗

期望它们　有魂　有魄　有骨……

2022 年 6 月 2 日

第三辑　夜在小心翼翼地缝合伤口

天下急雨

天下急雨

天是我外婆灶台上的那块大抹布

被我外爷一把扔出了窑洞

雨点是我姨夫场上扬飞的黄豆

噼噼啪啪砸下来

地上一朵花压着一朵花开　灰蓬蓬的

我的引擎盖上冒起了烟

雨刮器左一下右一下　贼狠

就像当年我二大抡开的耳刮子

隔着车玻璃

我也能感到腮帮子火辣辣的疼

急雨又挟持着冰雹　异常生猛……

此刻我满脑子想的是

卧云山上圈住的那匹狼

大雨中如何奔跑

2022 年 6 月 11 日

交出或留着

一

你都交出去了　包括
一枚小小的印章

远方的绿与你无关
小风不会抬着你赴约

你只剩下　你的小命
一截动荡的草茎

二

为了止戈　留着波澜
为了耳语　留着风铃

为了讨伐　留着笔锋
为了掩盖　留着尺牍

三

留着你　有什么用呢
不如把你高高地挂起

晾干或展览
都不值钱

2022 年 6 月 18 日

聚　会

唱　或朗诵
皆消融夜

风静止　听
打开心扉的声音此起彼伏

有人迷离　有人发呆
有人稳住身形　有人放大自我

人世漫长　欢乐短暂
谁在装

爱一直潜藏
酒杯相撞　心旌摇荡

2022 年 6 月 22 日

我至今一无所有

我至今一无所有
你带走了我的一切
包括单薄的影子

我从雨中走来
没有承接住你的忧伤
我是多么无助

风撩不起一片叶子
孤独无处躲藏
我的目光不堪一击

知了的话的确难懂
莲上的露珠宛若青蛙的眼睛
雨声就是我的心声

回望一路风尘
诗和远方皆在脚心
走多远　才有美丽的风景

谁在招手　谁在蛰伏

哪里是我的久留之地
哪里是我的灵魂归宿

房无一椽　地无一茎
不怨你　赤贫无妨
我有一座待嫁的空城

2022 年 6 月 28 日

又醉了

又醉了　一方夜色
敌不过数杯豪情

谁提起你
谁知道梦的方向

跌跌撞撞向天歌
静是此时唯一的奢望

夏天是爱情最脆弱的季节
护城河淹不死月亮

内心的悲伤被人取走
一副皮囊反倒失去了重量

夜一次一次敞开怀抱
影子已褪色

2022 年 7 月 1 日

晚 安

晚安　好没来由的问候
一下　把夜色扯远

晚安　一声压抑不住的轻唤
瞬间　让一颗沉寂的心发颤

晚安　今夜又失眠
月光不是我最后的遇见

2022 年 7 月 4 日

我在黑夜里睁不大眼睛

月亮趴在了窗上
星星们也趴在了窗上
它们纷纷往里瞅
看我把床单揉皱
又铺展

月华在窗外潇洒
星光在树梢上弹跳
一朵云悬吊在高远的天空
我朦胧的前方
缺少隐形翅膀

左手拽不住月亮
右手逮不着星星
近在咫尺　遥不可及
我在黑夜里睁不大眼睛
我的呐喊微弱

2022 年 7 月 19 日

我用夜色做了件风衣

我用夜色做了件风衣　真好看
点缀了些零乱的星光

姐姐你从树后出来
手冰凉

叶子一张张叠起　风穿不过
谁在一束光的下面换装

感觉姐姐你不爱我了
几声干咳　塌陷了我的幻象

有人策马而过　我看到了影子
荒芜的月亮能留下点什么

我不奢望　我在暗夜中移动
穿过一波又一波苍茫

2022 年 7 月 26 日

不眠之夜

夜　逐渐向海洋深处游去
我感觉到你的气息
海水一样淹没了我

我不是个好水手
一次又一次的潮汐
拍打的是我　不是礁石

城市被灯火点亮
我羡慕这些暑热中的男女
他们把一座古都高高抬起

六楼的窗口　闪现一个孤独的影子
一个有伤的人
一个茫然无措的灵魂

他无快马　更无羽翼
他的坐骑　一头
搁浅在沙滩上的蓝鲸

马路是如此熟悉而陌生

没有平仄　没有风
一切始于黄昏止于缤纷

没有人给我幸福
月亮是冷的　星星是冷的
你　忽冷忽热

因为怯懦　我形单影只
一颗躁动的心
总是在繁杂的喧嚣中寻求一份安宁

2022 年 7 月 28 日

我点亮一盏灯

我点亮一盏灯

于缤纷中

亲近你

佛说

摈弃杂念

一切皆真

我护着微弱的灯光

听风

穿越你的夜空

2022 年 7 月 28 日

我已习惯沉默

我已习惯沉默　真的
实在没什么好说的
伤　已从皮肤渗入骨髓
疼痛只有我自己知道

风哪里会知道　因为它无骨
雪哪里会知道　因为它无骨
云哪里会知道　因为它无骨
疼痛是给有骨架的人准备的

我是在疼痛中站立的人
爱恨情仇　电光火石
无一不对我嘉勉有加
我有什么办法　只能接受

只能在月光下独自舔舐伤口
只能在暗夜里独自缝补伤口
有时候　不得不把白绷带
染成红色

说也无益　更显苍白

不如默然而立　像山

像山上的一巨石

在岁月中

竭力抗拒着风化

2022 年 7 月 31 日

今日七夕

香水不在

香水漂浮在另一条河流

玫瑰枯萎

玫瑰在别人的怀抱中凋落

浪漫远去

浪漫被海水一次次淹没

今日七夕

我只有孤独

这个不离不弃的老情人

拉着我的手

吻着我的唇

搅着我的心房

2022 年 8 月 4 日

只留一个影子渐渐变凉

我打算跳下去　跳进
闷热的漩涡

毫无办法　爱驱使
秋天也挡不住

一场暴雨敲不醒我
又一场暴雨还敲不醒我

你转身　带走了一切
只留一个影子渐渐变凉

2022 年 8 月 12 日

秋风戏我

秋风好没样子
一会儿吹雨
一会儿落寒
一会儿压地上伏着的草
一会儿摘树上悬着的叶
唯独　不完整梳理我

一会儿撩我杂乱的发
一会儿掀我发皱的衣
一会儿弹拨我干涩的眼
一会儿逼退我内心的火
好没样子秋风　戏我——
一个被情所伤的老男孩

秋风能打动谁　即便
它深入我的内心
能围剿我石头的沉默吗
能洗刷我白云的底色吗
能唤醒我森林的呐喊吗
能熨展我心灵的褶皱吗

2022 年 9 月 3 日

白色是一种恐惧

我一直认为
白色是一种恐惧
所以内心深处
一直排斥

病房的四壁是白色的
鄙视的目光是白色的
过马路的人行道是白色的
白　透着一种莫名其妙

我不敢纠结白
梦中跑出的鬼是白色的
坟头上的引魂幡是白色的
我跳出白色欣赏绿

我不能囚禁自己
走出洁白的小屋　看大千世界
看我的影子　被青山和流水
濯洗

2022 年 10 月 14 日

饮

正襟危坐
茶台上　水汽开始蒸腾

龙井　普洱　金骏眉　碧螺春
我没动

我慢慢地打开茶壶
把一缕又一缕的阳光按进去

明媚的春　多情的夏　斑斓的秋
一壶煮

哦　好香
我看见白云趴在了窗棂上

2022 年 10 月 16 日

霜　降

霜降　应该是
又一层心事被覆盖的节令

细看草木　一层优雅的白
兀自流光

风很安静
伤痕　依旧浮肿

大树骨骼清奇
月光下　它倍加挺拔

昨夜　没有人询问
我失眠的理由

其实　我一直在暗处
观察你的高光时刻

2022 年 10 月 23 日

夜在小心翼翼地缝合伤口

红色的液体就是血
它从黑森林里跑出来

不知道疼痛　也没有惊叫
夜在小心翼翼地缝合伤口

月亮被风吹落在我的怀里
仿佛一个白气球　柔软而虚无

探在窗前的星星有血
它布满血丝的眼睛迎迓黎明

我把一个整夜给了白天
我把自己又换算了一遍

2022 年 11 月 7 日

鞋

我想诅咒你　又担心
你不再驮着我奔赴远方

远方有我的风景
远方有我的爱

远方有我未曾谋面的知音
远方有我蔚蓝色的梦

你这次的刻意阻拦
让血　看见了我的虚弱

让夜色　扯了一块光亮
止住了我的疼痛

是否还给我敲了一次警钟
是否　可能……

对不起　我仍不能感谢你
我还得　把你踩在脚下

2022 年 11 月 10 日

独自回家

踩着雨声　独自回家

巨大的苍凉与黑暗

压了下来

我高高的个子

竟顶不住一枚落叶

脚步像树的移动

缓慢而沉重

此刻　我顿觉自己

无比渺小　不啻一只蚂蚁

连一根白发也背负不起

2022 年 11 月 11 日

可怕的静

可怕的静　让我颤抖
我听不到天空的声音
太阳正在熄灭
我的头顶　闪着幽蓝的光

所有的楼房和街道都是线条
灰色的线条　毫无生气的线条
日子被无形地拉长　软软的像面条
下入一锅无法煮沸的水

又纯又洁的月亮升起来　它看着我
一个可怜人　找不到升腾的火焰
地上的落叶一层摞一层　就这样
它仍掩盖不了大地裸露的骨头

2022 年 11 月 23 日

脚步声

轻点　你的脚步声太响亮了
飘落的黄叶又翻了一个身

深夜的梦比白天灿烂
玉兔在捣药

皎洁的月亮隐入尘埃
谁能闯入你的梦境

我一遍又一遍念着当初的箴言
你在逆风而行

2022 年 11 月 27 日

来 哥们 干一杯

来 哥们 干一杯
取寂静为菜
煮阳光下酒
为拐弯的风干杯
为空荡荡的小区干杯
为孤独与烦躁停止争吵干杯

窗外闲淡的树木见证
远方奔赴而来的红碱淖见证
电视上卡塔尔世界杯足球赛见证
干 干 干
为自己内心的平静
一饮而尽

2022 年 11 月 30 日

谁扶我

谁扶我

夜紧裹着我单薄的身躯
我跟跄于它无边无际的黑

月在我的头顶逡巡
我跟跄于它寒光闪闪的锋利

腾腾踏踏的脚步声若隐若现
我跟跄于它不管不顾的执着

谁扶我

背着疼痛与惨淡的记忆
我步履蹒跚
在尘埃中浮沉

2022 年 12 月 8 日

我在暗夜里流浪

我在暗夜里流浪
喉管像一条幽深的隧道
轰隆隆　无疑火车驰过

城市的灯火明明灭灭
有气无力地照着一个人
极度膨胀的愤怒

他从一栋楼蹿到另一栋楼
从一条街蹿到僻远的小巷
撞击耳鼓的　是高低起伏的鼾声与叹息

现在南方和北方没有多大区别
风一样刮着
只不过　北方之北已有大雪

屋里也不是什么保温箱
没有人给你添柴加火
你　是你的守护神　是家人的守护神

我建议我别再东游西逛

跫蹴在二单元的楼门旁　阻吓
装成鬼的人和装成人的鬼

我还能做什么呢　我头上无月亮
眼前无繁星　就醒着　睁大眼睛醒着
不接受任何猫啊狗啊的膜拜

2022 年 12 月 20 日

不想动

窝在椅子上　不想动
一天的时光
从头漫过脚

丝毫觉不到疼
从十六楼到负二楼
电梯里有镜

夜晚还没有来临
进进出出的人
面无表情

我已没有领空
也不再是一颗星星
是滑过草丛的一只流萤

道路比我想象的漫长
似乎没有开头
又永远也不会结束

唯有静默

是唯一的表达

也是唯一的宿命

2023 年 1 月 4 日

第三辑 夜在小心翼翼地缝合伤口

一个人的独舞

是的　一个人的独舞
在这寒冷的冬天
显得有点凄美

风由弱到强
你的舞由慢到快
由劲舞到狂舞

荒原上　落日下
你血脉偾张　风在伴奏
风用坚硬的指弹拨着天地

没有观众　一个也没有
你舞出了一团又一团火球
不　那是灵魂在剧烈燃烧

2023 年 1 月 9 日

唤　醒

接二连三的咳嗽

没有唤醒　楼道里的感应灯

谁举着一副皮囊

借着星光　摇摇晃晃向 201 室走去

孤独的背影被切割成斑驳的墙皮

一块一块掉落　发出尖历的声响

谁捏着一把钥匙凭栏远望

月亮像一个天坑　埋葬了什么

钥匙打不开 201 室　钥匙已生锈

一个徘徊的人渐渐萎缩成一个影子

2023 年 1 月 16 日

车过黄河

煤车蠕动在黄河大桥上
冷风扬起的白雪
打在窗玻璃上

后面是神府
前面是吕梁
车上载着我黑色的生活

雪花一层摞着一层覆盖了黄河
车轮在打滑
我的祈祷没有和声

黄河什么时候变得如此安静
白茫茫一马平川
让我的心起伏跌宕

2023 年 2 月 8 日

你的苍凉无人认领

我原谅你了吗
雪
你的苍凉无人认领

天地间飘洒的
是我的碎语
是我失眠后失落的梦

此生逃不出一朵雪花
逃不出腊月的寒

与一见倾心无关
与无常无关
与潜伏的危机无关

爱与恨皆是定数
雪花以自己的方式
碎裂　重生……

时间就是静流
苍凉往往被柔情抹去

粉身碎骨的执着在劫难逃

唉　原谅是一种解脱
雪花最后也融化了
比泪更咸的是孤独

2023 年 2 月 13 日

寂寞是关不住的

寂寞是关不住的
憋了一冬的心事
在渐暖的月光下
飞了起来

我是一个虔诚的仰望者
还有炸裂的河床　河床下
努力翻涌的乌云
不带雨的　干燥得快要着火的乌云

仰望不需要风
风是庙堂里传出的诵经声
也寂寞　也孤独　也炸裂
庙堂是谁的归宿

我忍不住大吼了一声
阳春白雪纷纷化为蝴蝶
它们想象的春天已来临
屋檐下站着的人举目无亲

我不敢虚构故事　更不敢

擅自出演一个主角

我只能把自己矮下来　矮下来

再一节一节长高

2023 年 2 月 16 日

一生的承欢

一生的承欢
也不过如此

瞬间松绑
一滴水
重重地坠落在春天

风吹散灰烬
催动芽苞
赶着行路人

一抹生绿
涂抹着我的心

2023 年 2 月 17 日

谁来救我

谁来救我　没有一朵桃花
肯奋不顾身

它们竞相开着　热烈而忧郁
却与我无关

你幽怨的眼睛告诉我
大风吹散了野炊的温情

黄河汹涌
卷起了你的长发　如瀑如云

庙宇是新的　不失金碧辉煌
窑洞是旧的　一直默不作声

一只翅膀搭不起晋陕峡谷
一片浮尘托不住坠落的羽毛

谁来救我　黄河古渡
浮冰压住一片春色

2023 年 2 月 22 日

我又一次被夜捉弄

我又一次被夜捉弄

以为风告诉我的

是精心打好的草稿

我深陷黑中

屏住呼吸　看头顶的星星

闪着勾魂的眼神

我掩藏了一切

只露热烈与真诚

它们是唯一的通道

从哪里来

到哪里去

我似乎看不清眼前的十指

简单即原罪

我只能救赎自己

与夜无关

真的　无边的汹涌的夜色

就是深不可测的海洋

但它淹不死我

2023 年 2 月 26 日

谁是我的解药

谁是我的解药
我是谁的纽扣

大风替谁呐喊
沙尘暴断了谁的肋骨

谁在音乐之外徘徊
残缺的灵魂在收购谁

谁折了飞翔的羽翼
春天裹挟了谁的正气

谁把山河当琴弦拨弄
狗吠声被谁珍惜

一切的一切源于谁
谁撕裂了药盒上的商标

我从春天深处走来　又折返
却迷了路

桃花被一只素手摘走

桃花的血染红了指甲盖

2023 年 3 月 23 日

一朵桃花占领了一座城市

一朵桃花占领了一座城市
占领了四月的天空
占领了我的领土

城市的人们吮吸着桃花的香气行走
步履矫健　脚下踩着春风
春风抬着桃花

我是一个外乡人　桃花不认生
它在我干燥的皮肤上绣刻
一丝一缕　一山一溪　极尽温柔

城市就是桃花的城市
桃花的呼吸　桃花的面孔　桃花的生活
充盈大街小巷

不过　城市的街巷就是桃花的枝干
昂昂然举着春天　让桃花生动
让桃花灿烂　更让城市坦然

我的旅行包趋于平静　趋于一朵桃花的灼灼

石块上了城墙　雨水滋润了迟钝
耳朵享受着美酒与甜言蜜语

我看桃花也没什么理想　无非是
让春天的花事更精彩一些　更热烈一些
无非是让我这个外乡人更温暖一些　更敞亮一些

2023 年 4 月 1 日

我又一次走进吴堡

谁的十字架　丢进了黄河

涛声如释重负

急切地为晋陕峡谷

打磨一面有棱有角的镜子

山上有石城　山下有横沟

我又一次走进吴堡

温泉蒸腾着我枯裂的灵魂

我听见内心深处有萌发的声音

多么让人感动

石城的故事讲不完

守城的老人守护着自己

守护着初心

谁也没想到　斑斓的黄河奇石

聚集于此　一石一世界

一石　一世纪……

没有人能够收拾残骸

黄河没有贝壳

黄河有玉　黄河有乳汁
黄河的流动是透明的
它诠释着这个玻璃时代

黄河绕不开吴堡
吴堡　一块煌煌的铜
枕着黄河的臂弯
开启一个金色的梦

空心挂面卧鸡蛋　来一碗
端给黄河　端给对岸的吕梁
太阳就像葵盘饱满如秋
星星就像葵子缀满银河

我已不是过客　不是
我是吴堡城的一块石头
我是黄河里的一颗水珠
白天守望　夜晚对饮……

2023 年 4 月 3 日

我不快乐

我不快乐
源于桃花的撒谎

谎言随着风转
夹杂着寒冷

杏花　梨花　玉兰花
它们活在去年的春天

侧柏　油松　老柳树
又怀了孕

我热爱的小麻雀
也学会了闭嘴

我不得不把我的肉身
塑入泥胎

请一位乡村画师
装扮我为神

哈哈　这是否
会吓着谁

也许　赚一把香火
唤醒酣睡的拒绝

2023 年 4 月 8 日

五环与六环之间

五环与六环之间
隔着一个我

我是谁
手执一段潦草的人生

从一条路到另一条路
光影黯淡

谁
被五环和六环挤压

我感觉身体裂开一道缝隙
似乎是悬崖峭壁

2023 年 4 月 19 日

剑 客

你不是我的对手
你是被孤独孵化出来的一个剑客
一个手持木剑的剑客

天下所有的人都不是你击杀的对象
你的木剑
直指内心的鬼

我才是真正的剑客
十二小时的阳光　全被我收走
熔铸了一柄寒光凛冽的金剑

刺穿了乌云
刺穿了暴雨
刺穿了面具……

你的木剑是桃木的
柔韧而坚硬　不像我的金剑
剑尖挑着世界

合二为一吧　该阳则阳

该阴则阴

而忧伤　总闪烁在黑暗深处

2023 年 4 月 25 日

一碗豆浆

多么热闹的候机厅
声音撞击着声音
声音挤压着声音
声音蹂躏着声音……

去食尚天街买一杯热豆浆
端着喝过安检
潇洒一下　也压一下
初夏刚生起来的无名火

宽窄巷　成都名小吃
估计豆浆也又黏又香
谁知　一位穿白制服的半老徐娘
给我端上来用碗盛的豆浆

我用力揉了揉眼睛　还是模糊
我原以为是带吸管的纸杯
谁知是碗　和豆浆颜色一样的碗
我头一扬　一饮而尽

我突然想起单位的早餐　一元钱

荤素搭配　软硬协调　豆浆牛奶

这八元一碗的豆浆啊……

单位　人生幸福的单元

突然又想起母亲的一句话

在家千日好　出门一日难

当然这不是难　当然

唉　说不出个所以然

一碗不温不热的豆浆

孕育着谁的孤独

消解着谁的干渴

它是否故意给我制造不良心情

坐在登机口　看着窗外

飞机一架追着一架飞

我想那只被我撂在桌子上的空碗

又被谁的寂寞拾起

2023 年 5 月 13 日

五月的风微微吹过黄河

五月的风微微吹过黄河
水面明镜似的
映照着晋陕峡谷

两岸的枣树像初恋的女子
羞涩而热烈地摆弄着树叶
爱　多么翠绿

车行在沿黄公路
迎面的景物送上隐秘的祝福
而我们　又融入人间苍茫

2023 年 5 月 17 日

落寞

伸出的双手　握住的是空气
一个人落寞地走出吴川机场

岭南的云吊在半空中
似乎心事重重　又似无所谓地流动

不见老山兰　燥热的风
压低了我的左顾右盼

驶往茂名的高速公路铁青着脸
它知道我内心深处的郁闷无法排遣

有一款荔枝叫妃子笑
是否倾城绝色　我没有吃到

我以为你会来　你会朗然大笑
高举一杯酒

我早已是个喝水的人　到茂名
一是见你　二是啖一颗真正的荔枝

259

红尘多了诡异　四顾茫然
成熟的荔枝跌落枝头

无快马　无美人回眸
不然　我会送一颗给你

2023 年 6 月 5 日

我想救屈原

我想救屈原

把他从香囊中救出来

把香囊还给爱情

把他从艾草中救出来

把艾草还给中药

把他从粽子中救出来

把粽子还给美食

把他从龙舟中救出来

把龙舟还给大海

把他安置在我的一首诗中

让诗给他养分

让他给诗点睛

2023 年 6 月 22 日

去鄂尔多斯

去那一座熟悉而又陌生的蒙古包
端一碗奶茶　燃一堆篝火
拥抱我慈祥的额吉

歌像草一样蔓延　舞蹈是火焰
头顶上的月亮　是谁的思念
苏泊罕大草原　飞上了我的眼角眉梢

2023 年 7 月 22 日

寂寞人的厨房

死亡的阴影已远去
一颗蒜　一把菠菜　一块豆腐
撬开了　寂寞人的厨房

小风蹑手蹑脚　从窗户的栅栏外
爬了进来　一股霉味
绊了它几个踉跄

砧板上有了笨拙的响动
生锈的刀　被一缕漏进来的阳光
攥紧　反复擦洗

寂寞人听到了微弱的呼喊
但绝不是来自田野　好像是
从两扇疯狂的石磨中挤出来的

他不敢点燃锅灶
那张铁青的脸
闪现着幽灵和野兽

他的踟蹰变得没有意义

厨房内的空气渐渐活跃起来

世界正通过柴米油盐连在一起

2023 年 8 月 3 日

风中的铃铛声

风中的铃铛声
被一个盲人推送

他弯曲的拐杖似乎要飞
他的舌头想要成为一支桨

苹果还未熟　阳光
正安抚一双烦躁的眼睛

小蜜蜂从一朵花蕊上挣脱出来
它飞到盲人雪白的头上

它弹着银色的琴键
它扯下来一片白云

盲人竖起了招风耳
铃铛声传过了远山

他的两片污渍斑斑的黑色镜片
又开始闪光

2023 年 8 月 4 日

要命的孤独

天涯海角

不过是

一抔干裂的泥土

不过是

一滴渴死的水

不过是

一副空洞的画框

而咫尺天涯

才是

要命的孤独

2023 年 8 月 29 日

吟 诵

大风起

所有的蝉

噤声

唯独你

又开始摇头晃脑——

那忽高忽低的声音

恰似我

顶上凌乱的毛发

2023 年 9 月 8 日

掩面而泣

那个可怕的词语始终没有出现
多么好　我的笔尖
无力穿透你的目光

假若我能放下　假若
永远无法抵达　不如
独自掩面而泣

2023 年 9 月 25 日

一低头 泪滴成霜

我裹紧了棉衣 风
试图拆解我仅存的暖

灰色的天空又一次垂了下来 雪
落在谁的眉尖

我没有勇气袒露自己的怯懦
唯有缄默 才能压住内心的亢奋

大地很包容 接纳了流水
也接纳了雾霾

我在风中疾走 你的影子飞起来
风 多么期待一场剧烈的碰撞

一棵失眠的树 在念叨一片落叶
一低头 泪滴成霜

2023 年 11 月 22 日

做 空

疲惫的我
突然被一只无形的手
做空

起于指尖的风
打着旋
找不到归宿

2023 年 11 月 22 日

第四辑

心被囚禁在咫尺

黄河听涛

于无声处
听见
妈妈的捣衣声

于无声处
听见
爸爸的叹息声

于无声处
听见
远方的哭泣声

于无声处
听见
心的炸裂声

2017 年 11 月 15 日

吻 你

我把天空压低
为的是
吻你

我把大地抬高
为的是
吻你

我把喧哗淬炼成寂静
为的是
吻你

我把一地鸡毛整理成诗
为的是
吻你

吻你　人世间这小小的幸福
恍如巨大的潮水
淹没我心灵的废墟

2020 年 9 月 5 日

你已无力泅渡

面对奔涌的大河
你已无力泅渡

爱与恨潮水一样退去
一个神秘的声音告诉你
寂静好幸福

对　寂静
来自夜的寂静
来自月亮的寂静
来自竹子的寂静
来自诗的寂静……

寂静是从孤独中分出去的
透明的时间　很残忍
唱着歌又挥舞着刀

在峰林　在草丛
你是一朵云
还是一块青石
远离尘嚣

热闹于暴风雨中
你能改变什么秩序

归于尘　归于鸟鸣
归于车辙　归于根
梳理好羽毛　还天空
一方洁净

2021 年 8 月 12 日

祈 祷

又一次为夜祈祷　为爱祈祷
而月亮　吊在深深的天上
看我双手合十

我没法度我　我只能度诗
在停摆的夜里　吟诵心之殇

我终究是个凡人
逃不脱　人间烟火
更逃不脱　爱恨情仇　电光石火

祈祷是为了美好
为了不再分裂　破碎　零落……
心只在一个角落起伏
红飘带　绾住了黑色的孤独

2021 年 8 月 30 日

一个情字

看不破一个情字
此生
何以走出那座迷宫

看破一个情字
迷宫
不过是一座废墟

看不破一个情字
废墟
就是海水与火焰熔铸的迷宫

看破一个情字
海水就是月华
火焰就是阳光

2021 年 9 月 1 日

中秋节的月亮

中秋节是个思念的日子
月亮也是思念喂大的

你们看到的月亮在天上
我的月亮在心上

天上的月亮又圆又大
我的月亮又瘦又小

天上的月亮万人仰望
我的月亮独居陋室

天上的月亮不会哭
我的月亮泡在泪的海洋

天上的月亮谁也不敢碰
我的月亮我供着

2021 年 9 月 21 日

心被囚禁在咫尺

诗和远方
只是你的影子

诗是麦田
已无飞翔的起伏

目力所及
远方是遥远的茫

抓一把河流回溯的水
拔一根日渐枯萎的秧

冬撵着秋走
芳华迁就了沧桑

时间就是个拐点
生活就是本乱账

爱本无根
全靠一腔热血

谁带着初心回故乡
谁在坟头上放歌

谁在风雨中拔节
谁在大树下乘凉

垒起一块又一块冷石
心被囚禁在咫尺

2021 年 10 月 16 日

我没有辜负

记不清写了多少情诗
却没有一个人读懂

每一个字是一颗露
每一首诗是一座城

风是过客　雨也是
它们撩乱了山的背影

月是过客　星更是
它们没有开门的钥匙

夜的呼吸柔软如绸缎
抱着花香仍难入眠

你住在哪里我不关心
我只关心声音的到达

波澜壮阔或暗藏玄机
悲怆或顿悟

我没有辜负

我也没有交出……

2021 年 10 月 29 日

第四辑　心被囚禁在咫尺

母亲怕冷

今年冬天的风　和
去年冬天的风
一样冷

母亲怕冷
她常常窝在
柔软的单人沙发里取暖

她的头发有点蓬乱
苍灰色的岁月
昭然若揭

母亲不喜欢冬天
我常看见她紧蹙的眉头上
挤出春

2022 年 1 月 7 日

我的诗歌能否抵达

风送来的不是兰
是蓝

兰在远方
远方有多远
山那边　还是海对岸
我的诗歌能否抵达

蓝在头上
感觉丝绸在抖动
更像海水在汹涌
把苍天灌得密密实实

我坐在窗前
把时光一片一片嚼碎
揪心的兰
也把浅蓝涸成了深蓝

2022 年 1 月 12 日

你的心

穿过一条隧道
一条被群山压迫的隧道
灵魂被封在草木之中
石头宫殿里
住着一位没有一丝杂质的女神

神秘的气息　潜意识的蠕动
打开　又合住　又打开
光与影的交媾
上帝的旨意

我没有黄金　更没有森林
尘世中唯一的净
你的心

2022 年 2 月 25 日

我飞向何处

我飞向何处　一块腐烂的肉
一块没有草香的地

我从何处来　去何处
我四处飞撞

没有血　也没有伤
碰折了翅膀

我不能蛰伏
蛰伏就是投降

薄薄的羽翼
风穿透　阳光穿透

飞吧　给风添一点力量
我可能微不足道

2022 年 3 月 3 日

我的老家高家堡

高家堡　我的老家
东西南　三条大街
遗失了什么

四合院　三合院　二合院
缺牙断龉　五百年
已失去了咬合能力

只有打饼子的屈二蛋
躬身　再躬身
才能碰响生锈的铜门环

2022 年 5 月 28 日

你把她装了二十年

又靠近了一点　又
这一点走了二十年
不远不近的人生时段　晦暗映着高光

此时盛开　灿烂之香气横溢
赞美毫无虚假　感动托着真诚
时光多美啊　酒杯频响

月亮这时盈了　月华如温柔的纤指
星星这时亮了　星光似蒙眬的醉眼
你看到的　还是二十年前的她

可她无动于衷　仍无动于衷
面若春风吹拂　心无荡漾
一道虚伪的绝美风景

你把她装了二十年　装在了心上
心　一个人最高贵最神圣最隐秘的地方
说穿了　就是一座宫殿

一瓣一瓣的夜色化为流苏

热烈的执着泛着孟浪

绝无　绝无爱的芬芳

你没有从一场虚无的风花雪月中抽身

你没有做错什么　你开怀豪饮

自蒸自酿的美好爱情

2022 年 6 月 15 日

父亲是个好受苦人

父亲是个好受苦人

街坊邻居都这样说

队长社员都这样说

多病的母亲也这样说

那时我小

没有体会到父亲在劳动方面

是一个好把式

我知道父亲以一人之力

撑着穷家薄业

我不得不佩服父亲

更佩服他的是

高三毕业那年

父亲到县城给我送干粮

他坐在我租住的小屋子的炕沿上

沉沉地说　好好考

考不上也不怕

天下受苦人有一茬哩

2022 年 6 月 19 日

大雨中带母亲去看病

实在找不到恰当的词语形容

密集的雨点

疯了一样落在挡风玻璃上

两个雨刮器　也疯了

无影般阻止着一场场跃起的波涛

天地空蒙　前路空蒙

没有闪电　刺啦啦的电光石火

我没有看到

副驾上坐着的母亲　一声声咳嗽

不啻一条条闪电　抽着我的心⋯⋯

　　　　　　　　　　2022 年 7 月 11 日

雨停了

云还没有散去　雨停了
怎么就停了呢
窗台上的信鸽茫然四顾

它焦躁不安　一双翅膀
开合无度
云逐渐拉低天空

它喉咙里咕咕作响
像怨愤　又像失语
但我懂得它的心声

正如我曾穿过雨帘
在一棵菩提树下
傻等着我爱的人

2022 年 8 月 18 日

幸福是什么

我常常一个人想
幸福是什么
也许　一万个人
有一万种回答

有的人的幸福
就是有一处栖身之地
不一定要多大
一卧一厨一卫足矣
免受迁徙之苦

有的人的幸福
就是有一辆代步工具
不一定要多贵
紧要时可以超越公交车
闲时还可回乡下看看父母

有的人的幸福
就是有一点点积余
不一定有多少
三五万即可

有个突发情况或意外时
不至于手忙脚乱

也许　这些微小的幸福
对你来说　不屑一顾
不值一提
不足挂齿

可对我周围的普通人
这些　都让他们
活得踏实
而我的幸福　说出来
不怕你笑话　更简单
拥有一个
没人打搅的梦

2022 年 9 月 5 日

玉 米

红色的玉米缨子逐渐变黄
风华正茂的玉米粒开始远行

去非洲　到拉美
坐火车　乘船
对它们来说已不新鲜

离不开故土的那一粒
不太饱满但闪着泪光的那一粒
被母亲喂养的鸡啄起

2022 年 9 月 20 日

爱的话题

放下尊严　义无反顾地奔赴

为爱——

这是一个时代的话题

甚至　跪下

甚至　泪雨滂沱

甚至　去死

这也是

一个时代的话题

现在　一言不合

拉黑

独木桥和阳关道

竟是两个真实的概念

2022 年 11 月 10 日

夜能掩盖什么

夜能掩盖什么　血吗
它还是流了出来

深红色的门框暗笑
它不齿于一个无意的趔趄

洁白的纱布摞了几层
甚至　月亮也贴了上去

妻子在惊惧中颤抖
她远没有小蚂蚁坚强

救护车像一只飞翔的鸟
叫声鼓荡着箭一样的光

那些无端被缝合的伤口
是否找得到归宿

我在一片祈祷声中
慢慢醒来　又沉沉睡去……

2022 年 11 月 12 日

没有如约而来

没有如约而来
雪　还在来的路上

玉米的呼吸　麦子的香
蒸腾在父亲的旱烟锅上

鸡有时跳在肥猪的脊背上
拉上一泡屎迎风引吭

碥畔上那棵杜梨树身子前倾
总把村前的大路小路瞭望

母亲把空了多年的两孔窑洞打扫干净
又储藏了几瓮爱与慈祥

没有如约而来
雪　被一场风暴拦截

2022 年 11 月 22 日

日　子

今天的阳光有烟火气

小区内三三两两的人在放牧自己

一同放牧的　还有我迟来的目光

我盼着一场雪洗涤空气

我的盼　仓促而紧张

像夜里的木鱼声　有气无力

我被一本书按进汉字的海洋

我不会浮水　我只能紧抓着字的胳膊腿

沉入千疮百孔的生活　条分缕析

妻子迷糊在沙发上

她被贝多芬的《悲怆奏鸣曲》所伤

她是一张白纸　没有药

两颗大白菜

被窗台上的晾衣架捧着

逐渐萎缩　失去了日子的光鲜

我的目光从平坦变得陡峭

充斥着山岚雾气鼓胀的光影

充斥着凄厉的鸟声

一个小孩在追逐一枚落叶

落叶在翻飞　我知道

它是草木之身　终归要回到泥土

阳光有点放肆　尽扫阴霾

有时候像瀑布一样　冲刷着楼群

我是一个本分人　眯着眼品味着它的香气

2022 年 12 月 6 日

我紧紧地抱着自己

忽然热闹起来
寂静被谁摧毁

合十的双手渐渐松开
镜子从尘埃中浮起

街道是一道道泪痕
空洞的风失去了词语

虚无终究被真实打开
源头就是自己

没有谁的呐喊被匆匆隐匿
没有谁的疼痛被草草掩埋

阳光漂洗着斑驳的梦呓
真正的温暖远未到来

悬挂的冰棱与我对视
我紧紧地抱着自己

2022 年 12 月 7 日

人生海海

灰色的天空　又一次把黄昏
压了过来　直逼我的胸膛

我站在一堆污浊的落叶上发呆
我看着它们干枯的身躯
仿佛看到我的灵魂也渐渐失去水分
我不能确定我的位置　是否边缘化
我在冷飕飕的寒风中调整呼吸

我不是一块石头　也不是一只灰麻雀
我是一束光　一束摇曳的光
照亮我身后塌陷的地方　或开裂的缝

我常想能否让时间把我苦住
做一个隐士
重新雕琢一下自己的灵魂

或远遁偏僻的森林　或欣赏远古的岩画
或坐在一场大雪中　倾听天空的哭诉
或给自己做一顿简单的晚餐
或持一根枯朽的树根　感受它曾经的华美

我不相信奇迹　一个人在尘世闯荡

满眼的风景　满腔的疼痛

直至　一言不发

2022 年 12 月 14 日

储藏间

负一层的

储藏间

已成为父亲的

垃圾中转站

废纸箱

空酒瓶

易拉罐

破铁丝

旧衣服

崭新的报纸

刚卷边的书本

开了窟窿的

聚乙烯袋子……

父亲坐在小板凳上

弓着腰　埋着头

分类　擦洗　整理

一堆又一堆

塞满整个房间

父亲的指甲缝

嵌满翻捡破烂的污垢

父亲说

他不能拖累我
捡垃圾卖的钱
足够日常开支
只不过要腿勤点
又瘦又小的父亲
拉着装满垃圾的板车
拉着生活的柴米油盐
碾过斑驳陆离的阳光
碾过我的心尖

2023 年 1 月 10 日

生　日

腊月二十八
一个吉祥的日子
请来唐都医院的高教授
为母亲诊病
请来一缕刚中有柔的风
给岁月增寿
请来一方祥和的天空
赐我一朵诗意的云

一朵诗意的云
抬高了我矮小的人生

2023 年 1 月 19 日

母亲解开带钢板的腰带

大年初一　阳光

浓得化不开　像果汁

像米酒　像初恋的目光……

母亲解开带钢板的腰带

拄着拐杖　从她的房间里走出来

一步一步　踏实而坚毅

母亲在和疾病做斗争

我帮母亲和疾病做斗争

全家人都帮母亲和疾病做斗争

母亲的面色渐渐红润

母亲的饭量也一天天增加

母爱是我的力量源泉

我是大力士

能搬开压在母亲身上的山

能驱走藏在母亲身上的鬼

能给母亲源源不断注入信心与战力

我知道　春天已出发
春风浩荡
母亲扔掉拐杖的日子
就是立春

2023 年 1 月 22 日

从母亲的目光里读出焦虑

母亲侧躺着　射向远方的目光
被窗外的大楼阻挡

大千世界　装在母亲的心里
天下景致　也装在母亲的心里

母亲多么想远游　多么想
现场看一看心之向往

可不能　母亲的身体不允许
母亲一生在和疾病战斗

侧躺着的母亲　不时看一看
立在墙角的拐杖

母亲依赖它
但又多么渴望甩掉它

今天是大年初二　我从母亲的目光里
读出了她内心的焦虑

2023 年 1 月 23 日

母亲的冬天被一层又一层暖压实

母亲看着窗外树枝在摇晃　说
有风　天冷

是的　这两天零下三十摄氏度
大寒露出了它本来的面目

行人们连头也包住了
行走显得勉强将就

天空翻出鱼肚白　它的虚无巨大而空旷
真实的母亲侧躺在床上

八宝粥加热　牛奶加热
母亲干燥的嘴巴温润了七点一刻

毛衣　棉裤　外套全摞在两条腿上
母亲的冬天被一层又一层暖压实

母亲的老寒腿是气象预报员
准确得让人心生悲凉

母亲总是盯着窗外　似乎在捕捉
晃动在树枝间的风　或是春天的信息

2023 年 1 月 24 日

一尊佛

母亲睡得很香
她把疾病
紧紧攥在手中
生怕
传染给我们

灯光打在母亲身上
仿佛　照着一尊佛

2023 年 1 月 24 日

313

母亲弄丢了一颗红色的药片

母亲弄丢了一颗红色的药片
喊我　让我钻床下寻找

我用一张报纸垫着双膝　头伸进去
目光扫帚一样扫了个遍

母亲心疼地说　又丢了几块钱
她拄着拐杖　看着窗外对面楼顶的蓝天……

母亲在盼望着春天　而春天在哪里
在树梢上吗　在风的睫毛上吗

雪也不下　大地深处与大地表面
激烈地争夺着水分

母亲也在争夺水分　她嘴唇干
母亲也在争夺春天　她畏寒

春天啊　你在哪里
你听见一个儿子为了母亲的呼唤吗

2023 年 1 月 25 日

北风吹过尖草的根

马扎梁　一个熟悉而又陌生的地方
北风吹过尖草的根
吹过毛乌素沙漠干燥的皮肤
吹起我内心的波澜

台上载歌载舞
话筒一只比一只响亮
新平整的广场还露着坚硬的顽石
冷风把一群人的头裹紧

十点　我嘱咐爱人
要给生病的母亲冲两个鸡蛋
母亲一天要吃六顿饭
她懂人是铁　饭是钢

冷风吹乱我的思绪
热闹与排场我从来不屑一顾
我只关心
母亲的春天是否在大寒过后

2023 年 1 月 25 日

母亲回了神木

母亲回了神木
我的心　也回了神木

人没有翅膀
心有　心会飞

母亲体弱多病
每一声咳嗽都揪扯着我的心

母亲是被父亲唤回去的
父亲说　他伺候得应自

治咯血的药
治腰椎疼痛的药　装了一袋子

母亲把每一片药　都看得
十分神圣

母亲不识字　但哪一种药什么时间吃　吃几片
母亲了然于胸

我佩服母亲的记忆　像一条时光隧道
又像一座博物馆

我发现　母亲靠记忆活着
忆苦思甜　活出了一个有趣的灵魂

2023 年 1 月 27 日

给母亲打电话

最幸福的事　莫过于
给母亲打电话

时间往往在
傍晚的六点半到七点

这个时间段
母亲刚刚吃完饭

要么在服药
要么刚坐在电视机前

听到母亲洪亮有劲的声音
我的心荡漾在一片温暖的海洋中

母亲说她睡眠也好着了
饭量也好着了　精神也好着了

还说　你爸做的面
又软又绵和　很合她的口味

又说　你爸现在像换了一个人
比以前更关心她　更勤快了

末了又说　他们决定不捡纸片了
卖不了多少钱　还让你们常提心吊胆

我鸡啄米似的点头　不住地说好好好
母亲终于理解了儿子的苦心

每天一个电话　传递的是
儿子的孝心　母亲的慈爱

2023 年 2 月 2 日

春天日近

春天日近　我分享您的喜悦
母亲
您额头上的山河
泛出红晕

疼痛被一根丝抽去
您坐得笔直
阳光是一个水彩大师
您的光芒灿若晚霞

我所有的担心被风扫去
包括焦虑　失眠　一度的抑郁
母亲　您的坚强闪着光
照亮的不只我的天空

我已感觉到春风拂面了
柳丝亦情不自禁起舞
我已看到嫩嫩的绿意
从您深深的皱纹里勃发

您就是整个春天　母亲

您的白发孕育了春天

您的眼睛里荡漾着春天

您的笑意里春天多么温暖

母亲　我用万千爱心

编织一个春天

您就是春天里不老的

一树牵挂

2023 年 2 月 3 日

立 春

终于等来了立春
终于撕开了我荒凉的心

我喜欢趴在大地的胸脯上
吮吸从地层深处涌上来的惊喜

我喜欢在浓浓的阳光中裸泳
涤荡我皮肤及灵魂上的尘埃

我喜欢对着小麻雀们大声嚷嚷
偾张的血液催生春草疯长

我最喜欢的　还是给多病的母亲打电话
传递春的消息

2023 年 2 月 4 日

雪花飘

雪花飘
且一个劲地飘落
它白不了我的头
不罢休

突然
一片雪花落在我的睫毛上
我知道
有个人想我了

2023 年 2 月 11 日

我是否高估了自己

这是一天中至暗的时刻

所有的祈祷都化作唾沫

孤独爬上来　占领了我的高地

逼迫我剪掉欲飞的翅膀

没有人和我交谈　我是一尊泥塑

赤裸的泥塑　我试图堵塞

时间的漏洞　能堵住吗

我是否高估了自己

一阵风起　一粒尘灭

2023 年 2 月 20 日

我知道 风是靠不住的

又起风了 我被眼前的沙尘
困惑 春天呢
不是又绿了千沟万壑吗

柳芽发了 花苞吐了
我泛黄的皮肤也沁出绿了
去年腊月掉落的一滴泪
也找到归宿了

风挟带着沙尘 阻止一场雨
阻止一场久别重逢的感动

父亲铁青着脸 七十九岁的他
又拾起了铁锹 又捆扎好树苗
我看见 他咬了咬牙关……

母亲是个有诗意的人
她带着夕阳的光 偶尔还带着彩虹
将小村的晦暗一点一点照亮

我知道 风是靠不住的

只有勤劳的十指插入土地
才会长出森林

2023 年 3 月 10 日

于我　无非是白了头

不经意间发现　白头发
又添了几根根
不经意间发现
时光在悄悄地打磨着我

一场风从额前刮到脑后
散乱的发丛　掩盖不住岁月的沧桑
心　已出现无数裂缝

策马从四季驰过
青涩的依然青涩
成熟的迟迟不肯离开枝头

清醒与糊涂之间　无隙
只不过　有的人展露伤痛
有的人　独自疗伤

于我　无非是白了头
但我要枕着大河的臂弯
听涛声击打不落的乡愁

2023 年 3 月 13 日

我的咳嗽强压在喉咙

斜斜雨丝　不　是雨点
敲打着铁青的马路
敲打着我的茫然

古都已不认识我
它已成为钢筋水泥的丛林
弥散着焦灼与冷漠

我的印迹已被路牌抹去
残留的一丝孤独
也无处安放

风有点刁钻　完全不是春风
阴且冷　仿佛是一场阴谋
构陷我

毛线背心撂在了榆林
撂在了榆林的春风里
我哆嗦了几下　仍挺立

朋友们喝着酒　喝着友谊

我喝着水　喝着寂寞

银色的筷子夹着别人的荤段子

系着红丝带的酒瓶默不作声

普洱茶酽如秋风

上菜的美女十指如葱

窗外的冷风摇曳着璀璨的灯火

出租车头顶的闪烁让道路着急

我的咳嗽强压在喉咙

谁的温柔能击退残留的冬

谁的种子能唤醒诗和远方

谁　放空了我的山河

这个城市啊

永远是陌生人的他乡

永远是我逃不出的痛

2023 年 3 月 16 日

你留给我的是背影

一切皆茫然　云飘过来

又飘走　你留给我的

是背影

一张残缺的图

一截梦断的枝

一朵败了还努力再开的花

春风没有捎来任何可信的消息

春雨也未到　干燥的太阳

照着一个轮廓

孤兀的峰

落寞的山脉

悄无声息的流水⋯⋯

从不知道循着什么轨迹入门

入门　走进干涸的湖

躺平　假寐　等

多么可笑　猝不及防来临的

总是束手无策

总是 局促……

伸出手逮住的还是风

目光盯死的仍是背影

大道如青天 我一人独行

2023 年 3 月 25 日

我又与石头摩擦出火种

你站在广场中央　逼退夜色
四周的灯火围拢上来
你不啻一个公主
幻化出无数个黑色的太阳

我躲在角落里数着你　一块冰冷的石头
成为我的凳子　无腿的凳子
我不想承受天空的重　天空的重
比这块石头还冰冷　且没有耐心

斗转星移　花木逢春
过去的岁月在一瞬间崩塌
金属的声音　响彻体内
唤醒你的温柔　你的坚韧……

你不是赝品　更不是喑哑的夜莺
一场春雨就够了　一场
花朵与火焰　肃然起敬
亲爱的　我又与石头摩擦出火种

2023 年 3 月 27 日

桃花落了一地

突然发现　窗外
一树桃花落地　粉红色的幻影
在冷风中委顿
像一个个被父母抛弃的孩子

我迅速抓起手机
拨通了母亲的电话　请安　问好
并得知父亲不听劝阻
仍在争抢着捡拾废品

天上的太阳也被风吹得掉在山梁上
残余的阳光落在桃枝上显得有气无力
孤单　冷漠　无奈
桃花微小的幸福被倒春寒剥夺

父母健在且安康
我可以用口哨换取酒
我可以用微笑换取月光
我可以用诗歌换取果园……

雨突然下起　斜斜地敲打着大地

敲打着暮色下的庭院

我哆嗦了一下

桃树下蜷缩的那群孩子怎么回家

2023 年 4 月 5 日

四月飞雪

怎么了　这是
你的难过不能打扰天空啊

你已走了很久很久了
怎么　又折返回来

正绽放的桃花　谢了
正绽放的杏花　谢了

正绽放的梨花　谢了
正绽放的海棠花　也谢了……

雪落在枝头　四月啊
好尴尬

纷纷漫漫　仿佛又回到寒冬腊月
——无数只飘飞的纸鸽子

带着残梦　带着星星点点的向往
又折返回来

如我一样　起起落落

欲说　无人倾听

2023 年 4 月 21 日

故乡是我精神的殿堂

嘴含一片阳光
一路向北
回故乡

爹娘肯定在窗前
用目光
把我的归程丈量

故乡是一座小城
小城故事多
唯独没有我的欢乐

掏苦菜　捉蝎子　出窑砖
放学后的这些劳作
用辛酸二字一点也不为过

人生从贫穷开始
最大的愿望——
吃饱肚子

和菜饭　煮山药　熬豆角

乡愁
就是小时候的美食

归心似箭
吃娘做的饭　听爹拉家常
——多么幸福

故乡是我精神的殿堂
简朴而高贵的殿堂上
站着我的老爹老娘

2023 年 4 月 30 日

品味孤独

再说也多余　我爱静静地
品味自己的孤独
桌上无茶　亦无咖啡
只有一本李娓娓的诗词集
古怪地看着我

你不要来打扰我
你的美丽无异于一把尖刀
会剥得我体无完肤

我一个农家孩子
习惯了清澈的山泉　习惯了恣肆的野花
习惯了简单的空旷　习惯了无辜的难眠
我承受不起　你的一颦一笑
已不是平常事物

我知道我的爱情卑微
不敢热烈　更不敢奔放
浪漫于我　是一件伤人的向往

走了这么多路　绕过了多少岔路口

我也不知道　喧嚣于我
落雪于我　破碎的露珠于我
甚至　急风暴雨于我
皆平常

我的孤独　是高贵的
它干净　纯朴　像一朵白云
巡游着孤独的山河

很多事　我选择沉默
选择装聋作哑　选择打开一本书
寻找钥匙　或灯火
我没有休息日　我在文字间
放歌孤独　组装自己

2023 年 5 月 6 日

高家堡　我一生的牵念

风翻不过城墙
风在古老的城门洞外逡巡

落日巨大的余晖罩着高家堡
暗绿的苔谦卑而沉默

秃尾河的水声几百年未变
依旧清亮地穿过一代又一代童年

小麦　玉米　山药　大豆　白菜
轮回上演着土地的夙愿

破败的四合院　街道上蹒跚的人
一面是怀旧　一面是黯然

陈年故事又被谁淘出了新鲜
众神依然住在高堂大殿

我的父亲母亲还在田野里劳作
高家堡　我一生的牵念

2023 年 5 月 28 日

爱　情

阳光在她的身上绣花
他的眼里蓄满芳香

她身上的花朵飞了起来
天上的流云纷纷让路
他的目光也飞了起来

她在金色的飞翔中感受爱
感受阳光这座富矿给予的爱
他手中的锹不停地挖掘着

她用六月的阳光锻造了一只金手镯
高高地挂在天边
他在一泓碧水中洗着一颗苹果

2023 年 6 月 1 日

茂名的雨

茂名的雨
很任性
想下就下
全然不顾及我
一个外来诗人的感受

云层很薄
颜色发青
不是北方那种乌云
裹挟着电闪雷鸣
茂名的雨
没有前奏
说下就下
清亮亮的雨点
夹杂些凉爽

我用朱砂掌劈向天空
我用气功冲击雨线
我几次试图阻止它
皆没有成功
一会下一会停

下下停停
好像专门和我作对

下吧下吧
大不了我站在屋檐下
大不了我躺在沙发上
大不了我被困在宾馆的房间里
读茂名地图
阅《魅力茂名》
跟着武旭峰
纸上研学茂名的风土人情

我是一个外乡人
对茂名神往已久
我想去荔枝园品尝桂味
我想去钱排镇吃三华李
我想去简伟业的罗非鱼养殖场
看一条鱼从哪条河而来
我想去南海天下第一滩
一个人迎风排浪
我想去冼夫人故里

给这位巾帼英雄第一人敬三炷香

我想去高州仙人洞

捉一群负氧离子慢慢咀嚼

我想去放鸡岛潜一次水

说不准邂逅一条美人鱼

我想去南越 1959 创意街

饕餮一顿海鲜烧烤

我想去窦州古城

感受一下独特的俚僚文化

我最想去好心湖

看昔日满目疮痍的露天矿坑

如何变身为鸟语花香的生态公园

我患哮喘　给我一片化橘红

我心浮躁　给我一支安神香

我有相思病　给我一块海龙阁月饼

我不当看客　让我参加一场千人宴吧

我拒绝孤独　让我参演一场人龙舞吧

雨老是阻拦我

它欺我不带伞

它欺我听不懂粤语

可我要去写诗啊

茂名的雨

你光给我诗意

不给我灵感

我问茂名

你可不可以让雨在半夜下

当我和大地都酣然入梦

雨可以私语

雨可以和声

雨可以弹琴

雨甚至可以大声吟诵

但不能叫醒我

让我在茂名的雨声中

把前半生所有的

灿烂的梦

再回放一遍

2023 年 6 月 10 日

父 亲

父亲的一声剧咳　让夜色退了一波
我不敢声张　生怕打破这难得的宁静

母亲在圆圆的月亮下绣着鸳鸯枕
母亲不识字　母亲全部的世界就是父亲和我

山坡上的苦菜在月光下挂着露水
绿油油的兀自生长　绿得让人心疼

我整理着大大小小的药瓶
每一个瓶子都装着希望　又似乎是绝望

父亲若无其事　他从院子的井里打了一桶水
晃荡着看月亮在水桶里挣扎

此刻一颗流星划过父亲的头顶
父亲愣怔了一下　忍不住又咳嗽了一声

2023 年 6 月 19 日

屈　原

你投了汨罗江　真的吗
我现在还有点不相信

写诗的人多浪漫啊
怎么会想不开　真是的

香包　艾草　粽子
真的是你的祭品吗

我还是对赛龙舟感兴趣

2023 年 6 月 22 日

我陷入困顿

这满天的阳光　如何拒绝
哪怕一丝一缕　哪怕
从叶罅中漏下的一点

我无法躲避　这烈焰
这燃烧的空气
这燃烧的眼神

飞鸟无影
天深得像一个无解的谜
何处告别

我陷入困顿
制造阳光的人
隐入一朵云后

2023 年 8 月 13 日

风不解

激越而苍凉的唢呐声
似乎在诉说一个人坎坷的命运

遗像微笑
遗像温馨
遗像敦厚

悄悄地转身
是一个多么了不起的选择
生天离苦　后人莫追

戴孝的人　哭泣的人　说笑的人
掩盖不了内心的无奈与惶恐
香钵里的灰烬　时明时灭

命若草芥　风刮倒
命若尘埃　风刮散
命若蝼蚁　风刮跑
命若琴弦　风刮断
命　风不解

我行在送葬队伍的后面

看着前面斗篷车上的那副棺材

想象不出　风

到底是什么样子

2023 年 8 月 19 日

万江哥

你的儿女　亲戚　朋友
把你送回高家堡
送上石峁山　送到
你的母亲身边

送给你的
还有几十只花圈　挽幛
如泣如诉的鼓声　锣声　唢呐声
那杆摇摇晃晃的引魂幡

天边的云涌了过来
它没有掀起风暴
它从送你的人群头上拂过
仅仅是拂过

高家堡无动于衷
它已见惯了子民的离世
蚂蚁一样　出巢入巢而已
秃尾河水依旧从心上流过

只不过石峁山上多了一座坟头

只不过乌鸦们又有了噱头
只不过考古队员又得长叹一声
石峁　一座千年坟山

我看着高大的棺木
从农用车上移到手推车上
七八个人粗手大脚地用麻绳
捆紧了棺木　捆住了你

我知道　不捆
你也不会挣扎
挣扎的是普通人的生活　是石峁山
是一颗一颗忧怨的心

我没有去坟地　没有
先人们估计都不认识我了
我站在石峁山上　如一朵浮云
不知飘向哪里

2023 年 8 月 20 日

这个人

石峁山寂静而空洞　这个人
去填充

云把墓碑擦拭干净　这个人
领受了烟火色

大风掠过高粱头　这个人
也算一抹红

坡地上的豌豆逐渐成形　这个人
认真生活过

一路走来　高低不平　这个人
没做坏事

人生只到两万一千天　这个人
束手无策

阴晴圆缺　这个人
选择了缺

石崂山从圆走向缺　从缺走向圆

这个人　歪打正着

2023 年 8 月 20 日

一群人在拒绝一场风雨

山风拉起渐渐倒伏的野草
供我仔细地观瞻

它们的根在地下彼此拥抱纠缠
并向远方执着地蔓延

怀留　振兵　生贵在一个斜坡上忙碌着
昊峰的铜铃铛安抚着土地爷

四个匠人伺候着一台破旧的挖掘机
他们的脸膛上泛着玉米与高粱的光

山那边移过来一朵乌云
一群人在拒绝一场风雨

麟州坊的空酒瓶平添了豪气
独自在草丛中狂欢

四面群山环抱
一人树下吁叹

2023 年 9 月 3 日

我放不下那枚残缺的月亮

不是我放不下你
而是 我放不下那枚残缺的月亮

她总在灰蒙蒙的夜空行走
身后是发烧的果树

星星们熟视无睹 有的用尾巴
扫荡她的清辉

蝉的叫声显得疯狂 像麻药
注入倒走的人

一列火车装满秘密与落寞
跑近又跑远 像你瞬间的忘却

黔黑的窗口似乎不再透露什么
时间在一片落叶下挣扎

我怀抱着冰凉的月华 期待着远方的来信
甚至期待一颗流星点燃我

这么多年　我一直向往大海　向往
从大海中沐浴而起的月亮

临近中秋　我却难以抵达乡愁
向你　伸出我的辽阔与忧郁

月亮在云翳间慢慢游弋　两条铁轨
在海上艰难地向前爬行

2023 年 9 月 26 日

谁憔悴

大喊一声　能否叫醒假寐的月
叫醒它的丰盈

谁憔悴
谁把冷的夜色酿成暖的诗歌

此刻我独自坐在车上
体内的火远比虚假的繁华孤独

2023 年 9 月 27 日

阳光下　我打不开自己

面前放着一杯苦茶
它的颜色渐渐暗了下来
仿佛　黑夜升起来

窗外的阳光多明媚
明媚的　还有持久不谢的金菊
那黄灿灿的一片　恍若无数张脸

向北的窗子　听不到鸟鸣
一丝流云划过　不动声色
递进来一把无字的扇子

秋去　冬慢慢地挪来
脚步声喑哑
有的人　已脱去了圆领汗衫

我的笔下始终流不出矫情的文字
一生的经营瞬间坍塌
阳光下　我打不开自己

2023 年 10 月 31 日

后　记

编完这本《谁是我的解药》，照例想絮叨几句，可一时又不知从何说起。看着窗外浓烈的阳光照耀着大地，照耀着大地上一切高尚或卑微的事物，不禁感慨，时光这把无情之刀，残忍地雕刻着我的容颜，使我两鬓露霜、额头起皱、视力模糊、腰背微驼……哈哈，却雕刻不了我的心灵，雕刻不了我那颗朝气蓬勃、爱意满满的诗心。苏东坡曾有词说："谁道人生无再少？门前流水尚能西！休将白发唱黄鸡。"我的心一直"再少"，忤逆时光，忤逆沧桑，忤逆晦暗，诗使之。

写诗，是我一生的业余爱好，业余追求，忙中偷闲，累中求乐，诗养心性。

我特别欣赏徐志摩的一句话："只要你认识了这一部书，你在这世界上寂寞时便不寂寞，穷困时不穷困，苦恼时有安慰，挫折时有鼓励，软弱时有督责，迷失时有指南针。"这句话虽有点夸大但不失豪迈。

细细想，要说诗歌有什么大的功效，我还真说不出来。

记得幼时母亲常反对我点灯熬油看书，"顶饱了？顶饿了？抱住个书不往下放"。虽然母亲对我整夜看书颇多抱怨，但书对我的诱惑之大无与伦比。不得不承认一个事实，我们最早接触的诗歌，通常会伴随着我们的童年、青年，有的直至壮年，甚至一生。诗歌像柴米油盐酱醋茶一样，搅拌在我们的日常生活中，润物无声，温暖着、滋养着、塑造着我们每一个人的心灵。

《谁是我的解药》这部诗集，收录了我近年创作的200多首诗作，不论是写景写物写事，无不以一个"情"字贯穿。我写诗追求的就是"一点触动"，不论诗长诗短，不论拟物借喻还是直抒胸臆，不论诗歌之柔美之浪漫之豪迈，阅读后的一点小小触动，都有可能给你的心灵以共鸣以抚慰。若能起到"平喘化瘀，舒筋活血"的作用，善莫大焉！

我曾看过史铁生的一篇散文《秋天的怀念》，写母亲临终时放不下瘫痪的儿子和未成年的女儿，对他们兄妹说"你俩在一块儿，要好好地活……"，当时泪崩。借用一下，我和诗歌，"我俩在一块儿，要好好地活……"。

谁是我的解药？诗！

韩万胜

2024 年 5 月 12 日